THE SUMMONS

JOHN GRISHAM

この書物の所有者は下記の通りです。

住所	
氏名	

アカデミー出版社からすでに刊行されている
天馬龍行氏による超訳シリーズ

「裏稼業」
（ジョン・グリシャム作）
「空が落ちる」
「顔」
「女　医」
「陰謀の日」
「神の吹かす風」
「星の輝き」
「天使の自立」

「私は別人」
「明け方の夢」
「血　族」
「真夜中は別の顔」
「時間の砂」
「明日があるなら」
「ゲームの達人」
（以上シドニィ・シェルダン作）
「長い家路」

「最後の特派員」
「つばさ」
「五日間のパリ」
「贈りもの」
「無言の名誉」
「敵　意」
「二つの約束」
「幸せの記憶」
「アクシデント」
（以上ダニエル・スティール作）

「何ものも恐れるな」
「生存者」
「インテンシティ」
（以上ディーン・クーンツ作）
「奇跡を信じて」
（ニコラス・スパークス作）

召喚状（上）

作・ジョン・グリシャム
超訳・天馬龍行

第一章

それは郵便で送られてきた。切手をはったごくふつうの郵便である。というのも、齢《よわい》八十になる判事は、次々と世に出てくる未来型の通信手段が大きらいだからだ。ファクスも気に入らないくらいだから、Eメールなどとんでもない。したがって、家に留守番電話も置いていないし、電話という通信手段にすら好感をもっていない。

弱々しい手つきの老判事が身をかがめてロールトップの机に向かい、旧式のタイプライターのキーを両手の人さし指でひとつずつたたいて打った手紙だった。判事の机の上の壁には、南軍の英雄、ネーザン・ベッドフォード・フォレストの肖像画が掛かっている。判事の祖父はシャイローをはじめ南部の激戦地でフォレスト将軍の指揮下で戦った勇士だった。その縁もあって、判事にとって歴史上フォレスト将軍ほど尊敬に値する人物はいない。だから彼は、この三十二年間、フォレスト将軍の誕生日である七月十三日はどんなことがあっても法廷に出ないようにしてきた。

手紙は別のもう一通の手紙と、雑誌と、二通の請求書にまざって、大学にあるレイ・アトリー教授専用メールボックスにいつに変わらぬ状態で投げこまれていた。

教授はその手紙をひと目見て、送り主が分かった。彼からの手紙は教授の人生の一部のようなものだからだ。手紙の差出人は、息子の彼も〝判事〟と呼ぶ父親だった。いまその場で開けてみようかどうしようか迷いながら、アトリー教授は封筒の裏表をあらためた。はたしてよい知らせなのか、悪い知らせなのか。死期の近づいている父親からよい知らせが来ることはまれであっても、やはりそこが気になるところだった。封書はうすっぺらで、中身が便せんが一枚であることは触っただけで分かった。これはいつものことである。かつては判事席からのその流暢《りゅうちょう》な語りで知られた老判事であるが、書くことになると極端な筆無精なのである。

どうやら、たんなる連絡文らしかった。老判事は、それが書面であろうと口頭であろうと、決まりきったあいさつやゴシップのたぐいが大きらいなのだ。ポーチのロッキングチェアに座り、アイスティーを飲みながら南北戦争を戦うのが最近の彼の頭の体操である。語りの背景はシャイローの激戦地になることが多い。

〈あの戦いでの敗北の責任は、ピカピカのブーツをはいた無能な指揮官、ピエール・ボーレガード将軍にある〉

老判事は、戦いを回顧するたびに将軍を責める。もし天国で会うことがあっても、彼にたいする憎しみは消えないだろう。

胃ガンを患っている七十九歳の彼はもはや余命いくばくもない。肥満ぎみで、糖尿の気があり、ヘビースモーカーで、心臓発作を三回も起こしている。二十年間体をむしばんできたあちこちの不具合が、いよいよ彼の死のお膳立てをはじめたのだ。痛みがやむことはなかった。その三週間前、教授からかけた電話で話したときの老判事の声はとても弱々しくてこわばっていた。そのときは、二分も話さないほど会話は短かった。

送り主の住所は金文字で印刷されている――ルーベン・V・アトリー判事、第二十五チャンセリー司法区フォード郡裁判所、クラントン、ミシシッピー州――教授は封筒を雑誌にはさみこんで歩きはじめた。フォード郡裁判所にもはや老判事の執務室はない。彼はリコール選挙で六年前にその座を追われていた。彼にとって一生立ちなおれない敗北だった。三十二年間、地域住民に奉仕したあげくのはてに、その住民からしっぺ返しを受けたのだ。住民が彼の後釜にすえたのは、テレビ広告で顔を売っただけの、なんの実績もない若造だった。

老判事は選挙戦などにいっさい時間を割かなかった。仕事が忙しいというのもその理由だったが、それよりも、住民たちが自分の実績を買ってくれているという自負心からだった。だから、選挙民がわたしを再選させたいならさせるはずだというのが彼の一貫した態度だった。彼のそんな選挙戦略は、多くの住民たちに傲慢《ごうまん》と映った。地元のフォード郡では勝ったものの、ほかの五郡からは手厳しいしっぺ返しを受けることになった。

リコール選挙で敗れたものの、彼はそれから三年間も裁判所に居すわりつづけた。一度火事があり、改築は二度あったが、二階の彼の執務室は難をのがれた。老判事は、自室の塗り替えも壁の取り壊しも許さなかった。それでも、郡の幹部たちに説得され、ようやく荷づくりをはじめることになった。三十年のあいだにたまった、もういらなくなったはずのファイルや、ノートや、表紙のすりきれた古本類は自宅に運ばれ、書斎の棚に詰めこまれた。書斎がいっぱいで入らなくなると、ダイニングルームに向かう廊下の棚に詰めこまれた。

教授は廊下ですれ違った学生にうなずき、さらに進んだところで、奥からやってきた同僚教授に声をかけてから、自室に入った。内側から鍵をかけると、郵便物を机の真ん中に置き、ジャケットをぬぎ、それをドアのフックにかけ、半年前から読みかけているぶ厚い法律書の棚に向かった。しばらくしてから、ひとりでぶつぶつ言いながら、ぶっちらかった部屋のかたづけをはじめた。

教授のオフィスは、縦三メートル、横四メートルのひかえめな四辺形である。中には小型の机がひとつと、ちっぽけなソファが置かれている。両方とも修繕が必要なほど傷んでいる。レイ・アトリー教授は忙しそうに見えるが、実はひまをもて余している男である。春の学期では反トラスト法を教えているだけだ。本を一冊書いていることになっているが、専売についての、例によってたいくつな一冊で、おそらくだれにも読まれないだろう。しかし著作は大学での評価を高めるのに役立つ。終身在職権は得ているものの、〝著作なくして地位もなし〟というアカデミック界の掟に従わなければならないのは、彼とてほかの教授と同じである。レイ・アトリーは机に向かうと、目の前の書類の山をわきにどけた。

封書の宛て先は、バージニア州シャーロットヴィル、バージニア大学、ロースクール、N・レイ・アトリー教授、となっていた。eとoの区別がつかないほどタイプの文字がかすれている。タイプのリボンをもう十年も換えていないせいだ。ジップコードが書かれていないのは、老判事がそれを信用していないからだ。Nはネーザン将軍の名前からとったネーザンの頭文字で、そのことを知る人間はすくない。息子はネーザンの名前を取っ払い、たんなるレイという名前だけで通すことに決めたわけだが、それが父子の仲をなおいっそう悪くしていた。

老判事から息子への手紙は常にロースクール宛てになっていて、シャーロットヴィルの繁華街にある教授のアパート宛てになっていたことは一度もない。それというのも、老判事が肩書にこだわるからだ。その本音は、郵便局員もふくめて地元の人たちに自分の息子がロースクールで教授をしていることを知ってほしいのだ。しかし、実際はそんな必要はなかった。十三年間も大学の教壇に立っているレイは、名物教授としてフォード郡じゅうに知れわたっているのだから。

教授は封をあけ、中の便せんを広げた。便せんにも判事の名前とかつての役職が大きく印刷されている。しかしジップコードはなかった。おそらく老判事のもとには、この便せんのストックが使いきれないほど置いてあるのだろう。

手紙はレイ宛てと同時に弟のフォレスト宛てにもなっていた。判事にとって、このふたりの息子たちが、一九六九年に妻の死をもって閉じた不幸な結婚の唯一の果実だった。文面は例によって簡潔だった。

屋敷の相続について話しあうため、都合をつけて五月七日、日曜日の五時に、ふたりいっしょにわたしの書斎に顔を出してもらいたい。よろしく。

ルーベン・V・アトリー

かつては堂々として威厳のあったサインも、いまでは萎縮して不安げに見える。そのサインは長きにわたって政令や判決文の末尾で輝き、かぞえきれない人々の運命を左右してきた。離婚命令書、親権確定書、養子縁組承認書。遺産訴訟にたいする命令書、選挙訴訟に、不動産訴訟、領有権訴訟。かように、アトリー判事のサインはその権威とともに郡全体に知れわたっていた。しかし、いまは重い病を患う老人の筆跡として少数の人間に知られるのみである。

レイは心得ていた。老判事が病気であろうとなかろうと、指定された時間に彼の書斎に顔を出さなければならないことを。気が進まなくても、これは召喚なのである。兄弟は体を引きずってでも実家に帰らなければならない、偉大なるおやじの説教をもう一度聞かされるために。だれの都合を聞くでもなく、自分勝手に日にちを決めてしまうのもいかにも老判事らしいところなのだ。

他人の都合におかまいなく公聴会や締め切りの日時を定めるのは、おそらくおおかたの判事の習性になっている。この傲慢さは、多すぎる訴訟を裁くためと、忙しすぎたり怠け者だったりする弁護士を相手にする日常から自然とできあがったものである。しかし、判事も人の子、家庭もあれば家族もいる。いきおい法廷でのマナーが家庭にもちこまれることになるのである。

教授は文面にもう一度目を通してから、手紙を書類の山の上にほうり投げた。それから、窓辺により、外をながめた。裏庭一面にさまざまな花が咲き乱れていた。腹立たしくも苦々しくも思わなかったが、父親がこの期に及んでまだ命令口調なのにフラストレーションをつのらせながらレイは自分に言い聞かせた。

〈長いことないのだ。言いたいように言わせておいてやれ。これからは実家に帰ることもあまりなくなるだろう〉

老判事が所有する不動産は謎につつまれている。その主なものは屋敷である。フォレスト将軍のもとで戦ったアトリー一族が南北戦争前から受け継いできたものだ。これがアトランタの閑静な住宅街だったら百万ドルはするだろうが、クラントンの街ではそうはいかない。屋敷は、街の中心から三ブロックほど離れたところにある五エーカーの敷地のなかに建っている。ただし敷地は荒れ果てたままである。家のなかも同様だ。床はゆがみ、屋根からは雨漏りがするし、レイの記憶するかぎり壁が塗り替えられたことは一度もない。おそらく実勢価格は十万ドルくらいだろう。だが使えるようにするためには、その倍の費用がかかるはずだ。彼も弟もここに住むことはまずあるまい。事実、弟はもう何年もここの敷居をまたいでいない。

屋敷は〝メープル・ラン〟と呼ばれている。まるで使用人が大勢いて、いつもパーティーでにぎわっているように聞こえるしゃれた呼び名だ。屋敷の最後の使用人はメードのイレーヌだった。四年前に彼女が死んで以来、床にそうじ機をかけた者も家具のほこりを払った者もいない。ただし地元の囚人に二十ドルの週給を払って庭の草刈りだけはつづけている。老判事はいやいやながら、ときどき自分も手を出す。彼に言わせれば、月八十ドルはベラボーもいいところなのだ。

レイが子供のとき、母親はかならず自分たちの家を「メープル・ラン」と呼んでいた。だから、「家で食事をする」などと言わずに「メープル・ランで食事をする」と言ったりしていた。住所も四番通りの〝アトリー〟ではなく、四番通りの〝メープル・ラン〟だった。こんな呼び方をされる家はクラントンの街でもほかに数戸あるだけだった。

母親の死因は動脈瘤だった。

彼女の遺体はまる二日間、居間のテーブルの上に載せられていた。街の人々がやってきては玄関からズカズカと家のなかに入ってきて、遺体に向かって祈りをささげる。それが終わると奥のダイニングルームでパンチを飲み、クッキーをつまむ。レイは弟といっしょに屋根裏部屋に隠れて、街の人たちにこんなことを許している父親を呪っていた。衆目にさらされているのは自分たちの母親なのだ。顔は青ざめ、棺桶のなかで硬直してしまっていたが、まだ若くて美しい母親だった。

弟は〝メープル・ラン〟をもじって〝メープル・ルイン(廃墟)〟と呼んでいる。かつては道を赤と黄色に染めていたメープルの並木はなにかの病気で枯れ果ててしまった。その腐った切り株はいまでもそのままだ。表庭の芝生を四本のカシの大木が囲んでいる。この四本の木が何トンもの枯れ葉を落とす。ひとりやふたりの手ではとてもかたづかない量だ。また、カシの木は年に二回は枯れ枝を落とす。それが家のどこかを壊し、そのままになっていたりする。

屋敷は世紀をまたぐ風雪に耐え、いまでも崩壊せずになんとか原型を保っている。

とはいえ、見かけはいまでもりっぱだ。柱が立ち並ぶジョージ王朝風の建築で、それを建てた者にとっては魂をこめた記念碑だったにちがいない。が、哀しいかな、いまは落ちぶれた家族のわびしい舞台でしかない。

レイとしてはそれをどうこうするつもりは毛頭ない。屋敷は不愉快な思い出でいっぱいだし、そのひとつひとつを思いだすたびに気分が悪くなる。クラントンに住むつもりもないし、廃屋同然の屋敷を修復するほどの資金ももち合わせていない。弟だって同じだ。彼が相続したら、おそらく焼き払ってしまうだろう。

しかしながら老判事は、屋敷を長男であるレイに相続させ、家族のためにそれを守り抜いてもらいたいと思っているらしい。この何年間か、老判事は漠然とした表現でそうほのめかしてきた。「家族のためってどういう意味ですか？」。そのひと言を発する勇気がレイにはもてなかった。子供はいない彼である。離婚した妻はいるが、新たに妻をめとる見通しはない。弟のフォレストの場合も同じようなものだ。ただし彼の場合は離婚した妻はふたりいて、つき合った女だったら目がまわるほど大勢いる。いま現在彼の身のまわりの世話をしているのは画家兼陶芸作家のエリーという名の女で、彼より十二歳も年上の、百三十キロの巨体の持ち主である。

弟のフォレストに子供が授からないのは生物学的奇跡というしかない。しかし現在までのところ隠し子らしきものもいないようだ。

残念ながら、アトリーの血筋が絶えるのは避けられないところにきている。しかしレイにはそんなことはどうでもよかった。彼はもっぱら自分のために生きているのであって、父親の利益や家名の過去の栄光のために生きているのではない。葬式でもないかぎり、クラントンなどには戻らないつもりでいる。

屋敷以外の資産について老判事の口から語られたことはなかった。かつてのアトリー家は繁栄していたが、それはレイの知らない昔のことだ。土地もあったし、綿畑に、奴隷たちもいた。南部の名門家系の典型らしく銀行や鉄道の株をもち、政界にも影響力をもっていた。それらのすべてを現金化しても、現在ではたいした額にならないだろう。それでも、アトリー家が資産家であるような雰囲気づくりにはなっている。

家が資産家であることをレイは十歳になるころまでになんとなく分かっていた。父親は判事だったし、家には特別な名前がついていた。ミシシッピーの田舎では金持ちの子供と呼ばれるのにそれだけでじゅうぶんだった。母親は死ぬ直前まで、レイと弟に、ほかの家より自分たちの家がどんなにりっぱかを口がすっぱくなるほど語りつづけていた。住んでいるところは屋敷だし、長老教会に所属していたし、三年に一度はフロリダでバケーションを楽しんでいた。夕食をとりにわざわざメンフィスのピーボディ・ホテルに出かけることもたびたびあった。身に着けている衣服も近所の者たちより高級品だった。

やがてレイはスタンフォード大学に入学を許された。彼の幻想が崩れたのはそのときだった。父親はぶっきらぼうにこう言った。

「うちにそんなゆとりはないぞ」

そのときレイはびっくりして訊《き》きかえしたものである。

「それはどういう意味ですか？」

「言葉どおりだ。おまえを西海岸のスタンフォードに行かせるゆとりはない」

「そんな、だって家には……」

「じゃ、こうしよう。おまえは好きな大学に行け。その学校がたまたまスワニー大だったら、わたしが月謝を負担しよう」

やむなくレイはスワニー大学に進学した。父親が出してくれたのは学費と、本代と、下宿代を払うのにやっとの額だった。ロースクールはツーレン大学に進んだ。そこでのレイは、フレンチクオーターの《オイスターバー》でウエイターをやってなんとか飢えをしのぐありさまだった。

老判事は三十二年間、判事の給料だけで過ごしてきた。しかし、ミシシッピー州の判事の給料は合衆国でいちばん低かった。レイはロースクールの資料からミシシッピー州の判事の給料を知って悲しくなった。国の平均が九万ドルだというのに、ミシシッピー州の判事のそれは五万二千ドルでしかなかった。

老判事は男やもめを貫き、屋敷によけいなカネをつぎ込むこともなく、パイプ以外にカネのかかる趣味はもたなかった。買うタバコの葉は安物と決まっていた。使っている車は古いリンカーンで、レストランは安いところへしか行かず、着ているのはいつも同じ黒いスーツだった。しいて趣味と呼べるものは寄付行為だけだった。いくばくかのカネを貯《た》めては、それを各種の奉仕団体に寄付するのだ。

老判事が年間いくら寄付しているのかだれも知らない。収入の十パーセントは自動的に長老教会に行き、スワニー大学には年間二千ドル寄付している。これは、南北戦争のさい南部連合側に参戦したほかの軍人の子孫たちと同額である。これら三種の寄付行為はきちんと石碑に刻まれている。だが、記録されていないものもたくさんある。

乞われればだれにでも寄付するのがアトリー判事である。松葉杖が必要な子供、州の選手権に出場するオールスターチーム、コンゴの子供たちに種痘するための義援金、フォード郡内で道に迷った犬や猫の収容施設、クラントン唯一の美術館の建設費、などなど。かぞえあげたらきりがない。額の多少は別にして、資金が乏しい団体は、老判事に懇請の手紙を書きさえすれば小切手が送られてくる。アトリー判事はいつでも寄付金を送り、レイとフォレストのふたりの息子が独立してからずっとその行為をつづけている。

そんな老判事の姿をレイは頭のなかにはっきり思い浮かべることができる。ぶっちらかった机に向かい、肩をまるめながら、封書の束から寄付を乞う書面をとりだしては、クラントンのファースト・ナショナル銀行発行の小切手に、こっちに五十ドル、あっちに百ドルと、やっと読みとれる数字を書きこみ、それを自分専用の封筒に入れていく父親の姿を。

家財道具があまりなかったから、資産としての屋敷に複雑なことはなにもなかった。古くさい法律関係の文献に、すりきれた家具、いまは思い出も悲しい家族の写真、不要になったはずのファイルや書類――すべては客の印象をよくするためのばかばかしい飾りにすぎなかったが。

レイにしろ弟にしろ、屋敷は、いくらでもいいから売っぱらうことになるだろう。息子たちにとっては、アトリー家の形見をひとつでももち帰られればそれでじゅうぶんなのだ。

レイは弟にすぐ連絡しようかと思った。だが、こういう連絡はついつい先に延ばしがちである。弟のフォレストは、寄付行為におぼれた死に行く老人よりも、もっと手の焼けるやっかい者なのである。フォレストは生ける災害の見本、三十六歳にして、アメリカンカルチャーなる合法あるいは非合法の薬物に体の芯まで毒された、どうしようもないガキなのである。

「なんという家族なんだ」

レイはそう独り言をつぶやくと、十一時の授業の休講を告げてから、精神分析医のところに出かけた。

第二章

ピードモントは春まっさかり。空は久しぶりに青い。丘の緑は日々濃さを増し、農民たちが畝《うね》を仕上げようと畑を往復するたびにシェナンドー渓谷は装いを変える。天気予報によれば明日は雨らしい。もっとも、中央バージニアの天気予報はあてにならないのだが。

レイは空をうらめしげに見あげながら八キロのジョギングで一日をはじめる。この状態がもう三百時間もつづいていた。降ってもやんでもジョギングはできるが、飛行はできない。夜間と曇った日はけっして飛びません、と彼は自分と保険会社に誓っていた。

小型機の墜落事故の九十五パーセントは天候不良中か夜間に発生している。かれこれ三年の飛行経験をもつレイはいまだに臆病者に徹しようと心に決めている。格言に〝オールドパイロットもいれば、ボールド(無謀な)パイロットもいる〟とあるが、〝オールドボールドパイロットはいない〟とレイはかたく信じていた。

それに、中央バージニアは美しすぎて、曇った日にブンブンやるには気がひけるのだ。レイは完璧な日よりを待った——風にあおられて着地がむずかしくならない日、地平線がかすんで方向感覚を失わせるような霧の出ていない日、嵐がやって来そうもない日。ジョギング中に空が晴れわたるのを見ると彼はただちにその日のスケジュールを変える。昼食を早くすませるか後回しにするかして、講義をキャンセルし、調べごとは天候の悪い日か翌週に先延ばしにする。天候のいい日のレイはとりあえず飛行場に向かう。

待ちに待ったその日がついにやってきた。

飛行場は街の北、ロースクールから車で十五分のところにある。ドッカーズ飛行学校に着くと、きまって、飛行場の三人の共同経営者、元海兵隊パイロットたちのぶっきらぼうなあいさつを受ける。ディック・ドッカーに、チャーリー・イーツ、フォグ・ニュートンの三人である。

このあたりの操縦免許取得者はだいたいこの三人の世話になっている。古い劇場用の椅子を並べたオフィスを教室にして、三人はコーヒーをがぶ飲みしながら飛行についての講義をひとくさりする。彼らのホラは時間を追って大きくなる。お客さんであるはずの生徒たちは例外なく野卑な言葉を浴びせられる。生徒たちがそれを真に受けようと受けまいと、三人はおかまいなしだ。この稼ぎのおかげで三人の老後は安泰なのだから。

レイが登場すると、法律家をからかうジョークが三人の口をついて出る。しかし、どれもくそ面白くもなく、オチのところで苦笑がもれるのが関の山だ。

「生徒がいないのも無理はないな」

レイはその日の申込書に記入しながらズケズケと言った。

「どこまで飛ぶんだい?」

ドッカーが訊いた。

「空に穴をあけるだけだ」

「じゃあ飛行管制センターに連絡しとくか」

「わざわざそんな必要はないさ」

十分間お互いを侮辱しあってから、レイに操縦許可がおりた。一時間八十ドルでセスナ機が借りられる。これでしばし地上からおさらばできる。うっとうしい人間関係。電話に、交通に、学生に、リサーチ。とくにこの日は、死にひんした父親と、あの愚かな弟、それに山と積まれたやっかいごとから遠く離れられる。

一般駐機場には三十機ほどの小型機がつらなっている。ほとんどは羽根が胴体の上についた車輪が出たままのセスナ機だが、これがいちばん安全なのだ。なかには見るからに性能のよさそうな小型機もある。彼が借りたセスナ機のとなりにあるのは、シングルエンジンで二百馬力の〝ビーチボナンザ〟だ。レイもあと一カ月訓練を積めば、このかっこいい飛行機を操縦できる。セスナより七十ノットも速く飛び、よだれが出そうな操縦感が味わえる。

レイは思わず心を乱された。なんとそのボナンザに四十五万ドルで売るむねの表示が置かれていたのだ。それほどでないにしろ、相場より安い額だ。所有者はあちこちにショッピングセンターを建ててさらに上級の〝キングエア〟がほしくなったのだろう、とは教官三人の分析である。

レイはボナンザ機から離れ、となりのセスナ機に注意を戻した。新人パイロットの例にもれず、彼はチェックリストにしたがって借りた飛行機を注意深くチェックしていった。指導教官のニュートンから、チェックをサボった結果火災を起こして死んじまったパイロットの話を耳にタコができるほど聞かされていた。

外から見たところ表面に異常がないのを確認してから、彼はドアを開け、操縦席に座り、安全ベルトを締めた。エンジンはとどこおりなく始動し、無線機が作動する。離陸する直前のチェックをすませると、レイは管制塔を呼んだ。彼の前にローカル便が一機入っていたので、十分ほど待たされた。レイはドアを閉めてから、滑走路の前方を確認した。

離陸はスムーズだった。レイは機首を西に向け、シェナンドー渓谷の空に向かった。

千六百メートルの上空でアフトン山を横切った。山の頂上は目のすぐ下だった。峰から吹きあげる気流でセスナはほんの数秒間揺れたが、これはいつものことである。丘をすぎて農地の上空に来ると、気流はまったくなくなった。視界は公式には三十キロだが、この高度になるとさらに遠くまで見える。空は雲ひとつなく晴れわたっている。地平線のかなた二千メートルの上空にウエストバージニアの頂が姿を現わす。

リストにしたがって計器のチェックをすませ、燃料消費が正常なのを確認してから、レイはやっと離陸後はじめてリラックスすることができた。

無線機から聞こえてくる雑音も消えた。南六十キロのところにあるロアノーク管制塔は沈黙したままだ。彼らはこちらから呼びかけない限りなにも言ってこないはずだ。レイは管制塔に連絡せず、コントロールなしの飛行を決めこんだ。

シャーロットヴィルあたりの精神分析医は、時間あたり二百ドルもふんだくる。レイはそのことを経験から知っている。それに比べて飛行は格安だ。それに、こっちのほうがよっぽど効果がある。もっとも、彼に新しい趣味をもつよう勧めたのは、彼から一時間二百ドルふんだくっていた精神分析医だった。

レイはだれかに相談せずにはいられず、いやいやながら精神分析医にかかっていたのだ。前妻のアトリー夫人が離婚にふみきり、仕事まで辞めて、六時間という驚異的な短時間のうちに自分の衣類と宝石類をまとめてとっとと家を出ていってしまったからだ。それからちょうど一カ月後のことだった。レイは精神分析医にかかるのを突然やめ、車で飛行場に乗りつけ、練習場によたれこんで最初の侮辱を受けることになった。そのときの相手がディックだったかフォグだったか、いまでも思いだせない。

自分をかまってくれる人がいるという気がして、侮辱もまんざらではなかった。なおいっそう侮辱されると、レイは傷つき戸惑いながらも、自分の居場所を見つけたような気にさえなる。この三年のあいだというもの、レイは、ブルーリッジ山脈やシェナンドー渓谷の上空を飛び越えては、怒りを静め、涙を流し、無人の助手席に向かって自分の生活苦を毒づいた。「おまえの女房は出ていってしまった」、カラの助手席がそう言っていた。

出ていっても、やがて戻ってくる女もいる。また、出ていったことを後悔しながら生きつづける女もいる。しかし、出ていったままプッツンという連中もいる。ヴィッキーの家出は密《みっ》に計画されたもので、その実行は、身の毛がよだつほど大胆だった。だから、レイが相談した弁護士は口を開くなり「これはあきらめたほうがいいぞ」と言いやがった。

スポーツ選手が所属チームを替えるようなノリで、彼女はより条件のいい取引に応じたのだ。古いチームなどクソくらえ。新しいユニフォームを着てカメラに向かってハイ、ポーズ、ってなぐあいである。その日の午前中、レイは大学で講義をしていた。そのあいだに彼女は出迎えのリムジンに乗って悠々と出ていったのだ。リムジンのうしろには彼女の私物を満載したバンが一台追従していた。二十分後、彼女は自分の新しい居場所、街の東の牧場のなかに建つ豪邸に足を踏み入れたのだった。豪邸では〝乗っとり屋〟のルーが腕を広げて彼女を待っていた。ふたりは示し合わせていただけでなく、結婚の約束までしていたのだ。レイが調べたところによると、ルーは会社の乗っとり屋で、そのあくどい手法を使って五千万ドルも荒稼ぎしたのだという。そして、六十四歳を迎えたときにすべての有価証券と不動産のたぐいを現金化し、ウォールストリートにおさらばして、なにが気に入ったのか、自分の新しい住みかにシャーロットヴィルを選びやがったのだ。

ふたりは街のどこかで出会ったのだろう。ルーは好条件でヴィッキーをくどき、まんまと彼女を孕《はら》ませてしまったのだ。ヴィッキーに子供を産ませてしかるべきは夫たるレイのはずではなかったか。なのに、〝乗っとり屋〟のルーは、寝とった人妻を得意げに見せびらかしながら、子供までもうけてシャーロットヴィルの新しい名門を気取っている。

「もううんざりだ!」とレイは大声で叫んだ。千五百メートルの上空でどんなに声を大にして叫んでも、答えが返ってくるはずもなかった。

せめて弟が〝クリーン〟であってくれとレイは願った。しかし、こういう願いはだいたい裏切られるのである。もう二十年もリハビリ施設を出たり入ったりしている弟に薬物中毒の完全回復を期待するほうが無理なのかもしれない。おそらくまた借金地獄で苦しんでいるにちがいない。いままでもずっとそうだった。だとしたら、彼はむさぼるようにおやじの遺産にしゃぶりつくだろう。

老判事は慈善事業に寄付する以外のカネのすべてを薬物中毒の次男というブラックホールにつぎ込んできた。彼を救うための莫大《ばくだい》な費用も長い年月も結局は無駄だった。老判事は残された唯一の手段として、次男にたいして父子の縁を切る手に出た。判事として三十年間、彼は他人さまの結婚生活を終了させ、親から子供をとりあげ、子供たちを施設に入れ、精神異常者を世間から葬りさり、非行の父親たちを牢にぶちこんできた。どれも人の運命を左右する重大な決定だったが、発令は彼のサインひとつですんだ。まだ若いとき、判事席に着いた当初、彼の権威はミシシッピー州によって裏打ちされていた。しかし慣れてくると、彼は自信をもちだし、自分の内なる神の声に従うようになっていった。

実際、息子を追放してしかるべきは、いの一番にルーベン・V・アトリー判事だった。

フォレストは、縁を切られても、気にならないふうを装っていた。彼は精神の自由を謳歌《おうか》しているると自分勝手に思いこみ、父親の屋敷に九年間も足を踏み入れていないことを自慢している。父親が心臓発作で倒れたとき、一度だけ病院に見舞いに来たことがある。集中治療室の廊下でフォレストは兄の耳元で得意げにささやいたものだ。

「おれは今日で五十二日間もクリーンなんだぜ、兄貴」

もし老判事が屋敷の相続人にフォレストをふくんでいるなら、いちばん驚くのはフォレスト本人ではなかろうか。とはいえ、遺産相続によって現金を手にできるチャンスがあるのなら、フォレストは喜んでパンくずひろいに参加するだろう。

ウエストバージニアのベックレー近く、ジョージ川の上空で旋回すると、レイは帰路についた。

セスナ機を借りてのフライングは、精神分析医にかかるよりは費用がかからないが、けっして安くはない。費用のかさみは距離計によって刻々ときざまれていく。

〈宝くじにでも当たったらボナンザ機を買って好き勝手に飛びまわろう〉

はかない夢を見て自分をなぐさめるレイだった。あと二年すると一年間の有給休暇が与えられる。その前に専売にかんする八百ページの論文を仕上げることにしているが、それは可能だろう。彼のいまの夢はボナンザ機を飛ばして空のなかに消えてしまうことである。

飛行場まであと二十キロのところで彼は管制塔を呼びだした。管制員から、通常の着陸態勢に入るように指示された。風向きは変わりやすかったが、穏やかだった。

〈着陸は容易なはずだ〉

滑走路が五百メートル下方の二キロかなたに見えたとき、最終着陸態勢にあったレイのセスナ機はほぼ計算どおりの角度で降下していた。ちょうどそのとき、別のパイロットの声が無線機から聞こえてきた。声は管制員を呼びだしていた。

「チャレンジャー・トゥ・フォー・フォー・デルタ・マイク」

空港から二十五キロのところにいるその声は、セスナ機の次に着陸するように指示された。レイは自分のあとに着陸してくる別の機のことを頭から払いのけ、自身が教科書どおりに着陸できるよう計器と操作に注意をそそいだ。

うまく着陸できたレイは、ランプに向けてタクシーングを開始した。

カナダ製の自家用ジェット機チャレンジャー号には八人から、椅子の配置によっては十五人まで搭乗できる。ドリンクや食事をサービスするフライトアテンダントをともなってニューヨークやパリへノンストップで飛行できる。その新型機はたしか二千五百万ドルくらいする。しかも、いろいろあるオプションをぜいたくに付けたら、その値段は天井知らずになるはずだ。

〝トゥ・フォー・フォー・デルタ・マイク〟の所有者は〝乗っとり屋〟のルーであった。おそらく乗っとった会社から巻きあげた分捕り品なのだろう。〝デルタ・マイク〟が着陸するのを肩越しにながめながらレイは思った。

〈あんなの滑走路で爆発してしまえばいいのに！　そしたらいい見ものになるだろう〉

しかし、〝デルタ・マイク〟は爆発などせずに、自家用ターミナルに向かってタクシーングしはじめた。レイはたちまち窮地に立たされた。

離婚して以来、レイは前妻の姿を三度目撃している。だが、いまここでお目にかかるのはご免こうむりたかった。二十年も使い古しのセスナに乗っている自分の姿を、金ぴかのジェット機から降りてくるヴィッキーに見られるなんて耐えられなかった。

〈ヴィッキーは乗っていないかもしれない。きっとそうだ。おそらく別の乗っとり旅行から戻ってきたルー・ロドイスキーひとりが降りてくるのだろう〉

レイがスイッチをまわすと、エンジンが止まった。こちらに向かって〝デルタ・マイク〟がどんどん近づいてくる。レイは外から見えないように操縦席に首を沈めた。

レイが顔を隠しているところから三十メートルほど離れた場所にチャレンジャー機が止まった。それにタイミングを合わせるように黒ピカのオフロード車がライトをつけたまま姿を現わした。まるでシャーロットヴィルにどこかの国の王室のだれかが到着したような仰々しさだ。グリーンのシャツにカーキショーツ姿の青年がふたり車から飛びだしてきた。〝乗っとり屋〟さまのほかにだれが乗っているにしろ、その同乗者を迎えるためである。チャレンジャー機のドアが開き、まず降りてきたのはパイロットのひとりで、彼は両手に大きなショッピングバッグをふたつもぶらさげていた。レイは怖いもの見たさの心境でその様子を計器盤の上からのぞいていた。

そのあとに出てきたのは、双子を連れたヴィッキーだった。双子はもう二歳になるはずだ。シモンズとリプリー。苗字とも名前とも、女とも男ともつかない妙ちくりんな名前をつけられたかわいそうな子供たち。それというのも、母親がバカなうえに、すでに九人の子持ちである父親のほうは、子供の名前などに関心がなくなっているからだ。ふたりとも男子のはずだ。そのことをレイは、住民の死亡や新生児を告知する地元の新聞を読んで知っていた。

夫婦のあいだになんの問題もなかったはずのアトリー夫妻の離婚が正式に認められてから七週間と三日後に、ふたりのガキはマーサ・ジェファーソン病院において誕生した。どっぷり妊娠したヴィッキーがルー・ロドイスキーと結婚してから七週間と二日後である。乗っとり屋にとっては四度目の結婚式であり、当日牧場でどんなドンチャン騒ぎが演じられたかなど、レイにとってはクソくらえである。

ヴィッキーはふたりの子の手をしっかりにぎってタラップを降りてきた。豪華ジェット機に乗るようになってから日増しにスリムになるその長い脚にぴったりのデザイナージーンズをはき、彼女はいかにも五千万ドルに似合っている。よくもあそこまで痩せたものだ。腕は骨が分かるほどに細り、小さな尻は平べったくなり、両ほおはほどよくこけている。しかしながら、その目の表情はうかがえなかった。パリだかハリウッドだかの最新流行のアイシャドーを塗りたくっていたからだ。

最新のワイフとそのあいだの垂れ流しにつづいて仰々しく出てきたのは当の〝乗っとり屋〟である。マラソンをやっている、となにかの記事で言っていた彼の言葉はおおかたうそであることが分かった。走っていたら、あんなに腹が出ているわけがない。でっぷり太った彼は、頭が半分禿げあがり、残っている髪の毛もほとんど灰色だ。いま四十一歳のヴィッキーは三十歳でも通用するほど若く見えるが、反対に六十四歳のルーは七十歳にも見える。その老けこみかたを見てレイは大満足だった。

豪華ジェット機の一行は、ああでもないこうでもないと言いながらオフロード車のなかにおさまった。その間ふたりの青年とふたりのパイロットが《サクス》や《バーグドロフ》の大きな買い物袋をトランクルームに入れたり出したりしながら整理していた。あの飛行機ならマンハッタンへ四十五分で飛ぶ。乗っとり屋一家は、ジェット機でちょいと買い物としゃれこんだのだろう。

オフロード車は一家を乗せて走り去っていった。ショーは終わりである。レイは顔をあげて身を起こした。

元妻にたいする憎しみがこれほど激しくなかったら、しばしこの場に座ったまま、ふたりの結婚生活の思い出にでもふけるところだ。

前兆もなければ警告もなかった。ふたりのあいだにいさかいもなかったし、夫婦関係に変化が生じたわけでもなかった。あの女はたんに条件のいいほうに寝返っただけだった。

レイはドアを開け、ようやく外の空気を吸うことができた。そのときはじめてシャツの襟がぐっしょり濡れているのに気づいた。

こぶしで目をこすり、飛行機から降りるレイ。彼が飛行場から早く逃げだしたいと思ったのは、記憶する限りこのときがはじめてだった。

第三章

ロースクールはビジネススクールのとなりにある。どちらの学舎も、トーマス・ジェファーソンがつくった奇妙な学者村から発展した広大なキャンパスの北の端に位置している。創立当時の学舎の建築様式が称賛されている大学にしては、ロースクールのそれはどこのキャンパスにでもあるなんの変哲もない近代的な建物で、四角くてフラットで、れんがとガラスで成り立つ、七〇年代に建てられた創造性のないその他無数のビルのひとつにすぎない。しかし最近、多額の資金をつぎ込んで改修された結果、見かけはかなりよくなった。

大学のアカデミックなレベルは米国内の大学でもトップテンに入るほど高く、アイビーリーグのなかではさらに上の大学が数校あるものの、国公立の大学でここの上を行くところはない。国中の優秀な学生が集い、教授陣もきわめて優秀である。

ボストンのノースイースタン大学で安全保障法の講座をもつ自身の地位に満足していたレイだった。ところが、彼の著作が調査委員の注意を引き、それがきっかけで南部のよりレベルの高い大学に誘われ、ここに移ることになった。フロリダ出身のヴィッキーはボストンの都会生活に浮かれはしたが、冬の寒さの厳しさには適応できなかった。だからふたりはシャーロットヴィルに来て、その田舎独特のゆったりした生活にたちまち溶け込んでいった。レイは終身在職権をもらい、ヴィッキーは言語学で博士号を得た。〝乗っとり屋〟が夫婦のあいだに割りこんできたのは、ちょうどふたりが子づくりの話題を口にしはじめたころだった。

自分の妻がほかの男によって妊娠させられ、その男に寝取られたとあっては、だれだって黙っていられまい。どういうことなのだと男にも妻にも談判するのが筋だ。妻が出ていったその日から疑問が頭のなかをからまわりして眠れない日がつづいた。だが、レイは、ときがたつにつれ、妻を問い詰めることの愚を悟るようになっていった。それにつれて頭のなかに渦巻いていた疑問も薄れていった。

なのに、飛行場で彼女の姿を目撃して、疑問の数々が一挙によみがえってしまった。ロースクールの駐車場に車を止めているときも、自分のオフィスへ向かう途中でも、レイは、ヴィッキーにたいする反対尋問を頭のなかでくりかえした。

レイは夕方遅くまでオフィスにとどまっていた。オフィスの使用時間に制限はない。突然訪ねてくる学生を歓迎するためドアは開け放してある。四月下旬のこのころ、日中はけっこう気温があがる。学生の訪問もここのところ少ない。レイは父親からの手紙をもう一度読みなおし、その命令口調にふたたびため息をついた。

レイは五時にオフィスを閉め、ロースクールをあとにした。それから通りを歩き、キャンパス内のスポーツ施設の前に来た。グラウンドでは三年生チームが教授チームとソフトボールの試合をしていた。三試合で勝敗を決めるシリーズだが、教授チームは、第二第三試合をやる必要がないほど、第一試合をボロ負けしていた。

血のにおいを嗅ぎつけて出てきた一、二年生たちが外野席から一塁側のダッグアウトあたりにたむろしていた。その前で、やっても無駄なのに、教授チームの選手たちが輪をつくり、イニング前の打ち合わせをした。

春のキャンパスほど居心地のいいところはないな、と思いながら、レイはグラウンドに近づき、試合見物によさそうな場所を探した。

ショーツをはいた若い女子学生たち。近づきつつある夏。冷えたビールをおさめたクーラーがあちこちに置かれ、お祭り気分がもりあがっている。

〈もう一度学生に戻れたらなあ〉

そう思いながら試合を見ているレイは齢四十三歳、目下、三十五カ月間独身である。学生を教えていると若返ると人は言う。たしかに力がわいてきて頭が活性化されるかもしれない。だが、いまレイがいちばんしたかったのは、あのバカ騒ぎしている連中の仲間になって、クーラーの横に座り、女子学生たちと知り合いになることだった。

同僚教授たちの何人かがバックネット裏にやってきて、教授チームの選手たちがぎこちない動作でグラウンドに散っていくのをにやにやしながら眺めていた。教授チームの何人かは足を引きずっているし、半数はギプスをはめているように動きが硬い。レイは、親しい友人であり学部長のカール・マーク教授がフェンスによりかかっているのに気づいた。カールはネクタイをはずし、ジャケットを両肩にかけてリラックスしていた。

「みんな情けない格好をしているね。あれで試合ができるのかね」

レイが親友に言葉をかけた。

「2イニング終わったところで17対0だからな。話にならんよ」

学生チームの強打者が一球目をレフトセンター間に打ち返した。平凡な二塁打といったところだが、あたふたと追いかけたレフトとセンターが球を二度ほどはじき、ようやく内野に返球したときは、ランナーはやすやすとホームを駆け抜けていた。歓声があがった。レフト側の野次馬は大騒ぎだった。外野席の学生たちは教授たちのエラーを大声で冷やかしていた。

「やればやるほどボロが出るな」

マーク教授がにやけながら言った。まったくそのとおりだった。目も当てられないエラーを何度か目にしてから、レイは応援するのをあきらめた。

「来週はちょっと留守することになる」

次の打者がバッターボックスに入る間をつかんでレイが言った。

「じつは実家に呼ばれているんだ」

「うれしそうじゃないか」

マーク教授が応えた。

「また葬式かい？」

「それはまだだよ。不動産のことを話しあうために、おやじが家族会議を招集したんだ」

「それはご苦労なこった」

「いや、それほどのことはないよ。話しあうことなんてそんなにないし、奪いあうほどの財産もないんだ。けど、ま、いずれにしても楽しい話じゃないな。やっかいなことはやっかいだね」

「弟さんがかい？」

「やっかいなのは弟なのか、おやじなのか、はたしてどっちかな？」

「気をつけてな」

「ありがとう。学生たちには説明して宿題をやらせておくことにする。問題はないはずだ」

「いつ出発するんだい？」

「土曜日には帰ってくるつもりだ。でも、それが火曜日になるか水曜日になるか、そのとき次第だな」

「しばらく見てようぜ」

マーク教授が言った。

「シリーズの勝負が決着するから」

大きなソフトボールがピッチャーの足元にゴロゴロと転がった。それを見てレイが言った。

「もう決まったと思うけど」


レイにとって、実家に帰ることとぐらい気の重いことはなかった。もう一年も戻っていなかったが、もうちょっと辛抱したら永遠に戻らなくてすむはずだ。

レイはテークアウトのメキシコ料理店からブリトーを買ってきて、スケートリンクの横のオープンカフェに座って食べた。このあたりは、髪を黒く染めた不良たちがたむろして住民たちを怖がらせる危険地帯だ。旧市街のメーンストリートは歩行者天国になっていて、カフェやアンティークショップや希少本のディーラーたちが軒を連ねている。天気のいい日には、レストランが野外テーブルを並べて長い夜の夕食に備える。

突然独身生活に戻ったレイは学者村のタウンハウスを引き払い、ダウンタウンに引っ越してきた。ダウンタウンの古いビルの大半はアーバンスタイルの住居に改造されている。彼の新居である六部屋つづきのアパートはペルシャじゅうたん屋の上にある。小さなバルコニーからはショッピングアーケードが見わたせ、月に一度は学生たちを呼んでワインを飲んだり、ラザニアを食べたりする。

裏道に面した玄関のドアを開け、やかましい音が出る階段を重い足取りでのぼりはじめたとき、外は暗くなりかけていた。彼はとても孤独だった。いっしょにいてくれる友人もなく、犬も猫も金魚もいなかった。過去三年のあいだに、魅力ある女性にふたりほど出会ったが、デートはしなかった。おびえてしまっていて新たなロマンスを求める気分になれなかったからだ。カレーという名の生意気そうな女子学生がさかんに近づいてきたが、レイの守りは固かった。彼の性欲はほとんど死んでしまっていて、その点、カウンセリングを受けるか、その方面の薬品に頼るしかないなと思っていた。部屋に着くとレイはライトをつけ、留守中にかかってきたメッセージをチェックした。

弟のフォレストからのメッセージが入っていた。めずらしいことだったが、ありえないことではなかった。いかにもフォレストらしく二言三言言うだけで、自分の番号は残していなかった。レイはカフェイン抜きの紅茶を入れ、ジャズをかけた。それから弟に電話しようと立ちかけながら、電話を遅らせる言いわけを考えはじめた。ただひとりの弟に電話するのにこれほどおっくうがる自分が不思議だった。というのも、弟と話をするといつも気が滅入るのだ。ふたりとも独身で、子供がなく、苗字と父親以外に共通するものはなにもなかった。

レイはメンフィスに住むエリーの家の番号を押した。しばらくベルが鳴ってから相手がようやく出た。

「こんにちは、エリー。レイ・アトリーだよ」

レイは明るい声で呼びかけた。

「ああ」

彼女はうんざりしたような声で応えた。

「あの人はいまいないんだけど。お元気？」

「元気さ。ありがとう、エリー。きみのほうは？　久しぶりにきみの声が聞けてうれしいよ。いまそちらの天候はどうなんだい？　留守中フォレストから電話があったのでかけたんだけど」

「いま言ったでしょ、聞いてなかったの？　彼、ここにいないのよ」

「ちゃんと聞いてたよ。彼の別の番号ってあるのかい？」

「なんのための？」

「フォレストのさ。彼を呼ぶのにこの番号でいいのかな？」

「いいと思うけど」

「わたしが電話した件を伝えておいてくれるかな?」

ふたりを結びつけたのは療養所だった。エリーはアル中で、フォレストはあらゆる禁止薬物の中毒にかかっていた。当時彼女の体重は四十五キロしかなく、物心ついてからウオッカしか口にしていない、とエリーはうそぶいていた。やがて彼女はアル中を克服し、三倍の体重になって療養所を出た。と同時に、どういう取引があったのか、フォレストを手に入れていた。彼女の立場はガールフレンドというよりもフォレストの母親代わりだった。現在は、彼女が先祖から受け継いだメンフィスの中心街にある気味悪いほど古いヴィクトリア王朝風の屋敷の地下の一室に彼を住まわせている。

レイがまだ受話器から手を離さないうちに電話のベルが鳴った。

「いやあ、兄貴」

弟からだった。

「電話くれたって?」

「うん、おまえが先にくれたから、それで電話したんだ。調子はどうだ?」

「ああ、調子はきわめていいよ。でも、おやじから手紙が来やがった。兄貴のところにも来ただろ?」

「うん、今日来たよ」

「おやじはまだ判事で、おれたちを品行不方正な大人と思っていやがる。違うか?」

「おやじはいつも判事なんだよ、フォレスト。もうおやじとは話したのか？」

「ふん」と言ったあと、弟はしばらく沈黙した。

「おやじとはもう二年も話してないよ。あの家の敷居を最後にまたいだのはいつだったか思いだせないくらいだ。今度の日曜日も行くかどうか分からないな」

「来なきゃダメだぞ」

「兄貴はおやじと話したのかい？」

「うん、三週間前にな。こっちから電話したんだ。おやじは相当弱っていたぞ、フォレスト。もう長いことないな。おまえもそろそろまじめに――」

「やめてくれよ、レイ。お説教なんて聞きたくない」

ふたりのあいだに重苦しい沈黙が流れた。そのあいだにふたりはつばを飲みこみ、ひと呼吸した。名門の家から出た薬物中毒患者ということで、フォレストはさまざまな人から言動について入れ知恵をされてきた。彼が不意に沈黙するのもそんな忠告が重荷になっているからだろう。レイはなだめるように言った。

「分かった。べつにそういうつもりじゃないんだ。わたしはおやじのところに行くけど、おまえはどうする？」

「やっぱり行ってみるかな」

「おまえ、もうクリーンなのか？」

兄弟の仲だからできる質問だった。しかし、この質問は、天候を訊くぐらいふたりのあいだで日常化していた。フォレストの答えはいつも率直で正直だ。

「百三十九日目だよ、兄貴」

「それはなかなかだな」

〝なかなか〟というのは微妙な表現である。〝クリーン〟、つまりアルコールにも薬物にも染まっていない日が一日でも延びればそれだけホッとする。だが、二十年間もこうしてくりかえしクリーンな日をかぞえるのは実に気が滅入るのだ。

「それに、おれいま働いているんだよ」

弟は誇らしげに言った。

「それはすばらしい。どんな仕事なんだ？」

「救急車を追いかけるやつの手伝いをしているんだ。いつも病院にへばりついているインチキくさいやつだけど、そいつと契約して歩合をもらうことになっているんだ」

うさんくさそうな仕事を褒めるわけにもいかなかったが、フォレストが職にありついただけでもグッドニュースだった。彼はこれまでにさまざまな仕事を経験してきた。保釈者の保証人、令状の配達人、徴税のエージェント、警備員、私立探偵、などなど。どれも法曹界に関係ある低レベルの職業である。

「悪くないじゃないか」

レイはそう言ってやった。

フォレストは仕事の内容を話しだした。病院の緊急治療室のなかでくり広げられる凄惨な場面が語られた。弟の過去がレイの脳裏をよぎる。弟はストリップバーの用心棒をしていたこともある。天職だと思えたその仕事も、ある夜二度も客にぶん殴られて店から愛想をつかされた。新車のハーレー・ダヴィッドソンを駆って、まる一年もメキシコに行っていたこともある。その費用の出所はいぜんとして謎だ。メンフィスの高利貸しに雇われて脅し役をやったこともある。しかし、暴力をふるえないのがバレて、そこもクビになった。

まっとうな仕事に興味をもたないフォレストである。それも無理はない。二十歳になる前にドラッグがらみで二度も重罪を犯したとあっては、面接試験を通るわけがないのだ。どんなに若いころの犯罪でも、汚点は一生消えないらしい。

「行く前におやじに連絡するのかい？」

弟が訊いていた。レイは答えた。

「いや、日曜日に直接行くけど」

「クラントンには何時に着くつもりだい？」

「さあ、たぶん五時ごろじゃないかな。おまえのほうは？」

「神さまが五時だって言っているんだろ？」

「ああ、そう言ってた」

「だったら、おれは五時すぎに行くよ。じゃあ、そのときにな、兄貴」
弟と話し終えたあと、レイは、父親に連絡しようかどうしようか迷いながら、一時間も電話のまわりをうろうろしていた。ちょっと電話して「ハロー」くらいは言おうかと思いつつも、次の瞬間には、直接会ってあとで話したほうがいいと思いなおすありさまだった。

老判事は電話ぎらいなのだ。とくに孤高を乱される夜の電話がきらいだ。むしろベルが鳴っても出ないことが多い。たとえ出たとしても機嫌が悪くて、かけたほうが不愉快な思いをさせられるのがオチなのである。

日曜日のおやじはおそらく黒いズボンに、ノリがきいてパリッとした白シャツ姿でいるのだろう。ただし、シャツにはタバコの灰でできたこげ穴がいくつもついている。白シャツは十年もつのがあたりまえとおやじは心得ているらしい。それを週に一度、街の広場にあるメイブ洗濯店に出してきついノリをかけさせる。彼が身につけるタイは、シャツ同様に古物で、茶系のプリント柄と決まっている。それに、いつも濃紺のサスペンダーをしている。

帰ってくるふたりの息子をポーチに座って待つようなことはせず、老判事はその格好でデスクに向かい、忙しそうにしているにちがいない。息子たちには自分のそういうところを見せたいのだ。日曜の午後もちゃんと仕事をしていて、息子たちの到着など眼中にないのだと思わせたいのだ。

第四章

クラントンへは車で約十五時間かかる。それも、街の出口の渋滞をうまくすり抜け、四車線のハイウエーに入ったら、突っ走るトラックたちと抜きつ抜かれつのレースを展開しての場合だ。だが、レイ自身はそんなに急いではいなかった。

一週間前に買ったばかりの二シーターのアウディTTロードスターのトランクに身のまわり品を積みこみ、レイは、だれにさよならを言うこともなく黙ってシャーロットヴィルをあとにした。実際、彼の行き来を気にかける人間などひとりもいないのだ。

スピード違反はしないし、もし抜け道があるなら、四車線のハイウエーにも入らないようにしている彼だった。なんのハプニングもない旅行をとどこおりなく済ませること、これこそが彼にとってのチャレンジなのである。助手席のレザーシートの上には地図と、ストロングコーヒーの入ったジャーポットと、キューバ製の葉巻と、水のボトルが置かれている。

街を出て西に数分走ったところで彼は左に曲がり、ブルーリッジパークウエーに入った。そこから山頂までくねくねと曲がる山道を南へ向かう。TTは二千ccで、斬新《ざんしん》なデザインのニューモデルである。レイがアウディの新車発表をなにかで読んだのは十八カ月前だった。

さっそく彼はディーラーに駆けこんで最初の一台目を注文した。そのときディーラーは「この車は流行りますよ」と彼の先見の明をたたえたが、十八カ月もたった現在、彼はいまだに自分のもの以外、TTモデルを目にしたことがない。

見晴らし台のところでレイは車を止め、幌をおろし、葉巻に火をつけコーヒーをすすった。それからふたたび制限速度ぎりぎりの時速七十五キロでドライブをつづけた。どんなにゆっくり走っても目的地にはちゃんと着く。そのうちクラントンの街が見えてくるはずだ。

四時間後、ガスステーションを探しながら、レイは小さな街のメーンストリートに来ていた。彼の前を三人組の男が通りすぎていった。彼らの話している内容から弁護士たちだとすぐに分かった。三人とも角のすれたブリーフケースをぶらさげ、同様につま先とかかとがすり減った靴を履いている。レイが横を見ると、すぐそばに裁判所があった。右に目を向けると、三人組の弁護士たちがレストランに入っていくのが見えた。レイは急に空腹をおぼえ、人の賑わいが恋しくなった。

窓ぎわの席に陣取った三人組はコーヒーをすすりながらまだおしゃべりをしていた。その近くのテーブルに着いたレイは、クラブサンドイッチを注文した。注文を受けたのは同じ店でもう何十年も働いていそうな老ウエイトレスで、レイが注文した〝ワン　グラス　オブ　アイスティー〟と〝ワン　サンドイッチ〟を言われたとおりにきちんと伝票に書いていた。シェフもきっと老人なのだろう。

弁護士たちは山のなかの小さな土地をめぐって午前中いっぱい言いあいしていたらしかった。土地が取引され、訴訟が起こされ、こうして裁判がおこなわれる。証人を呼び、判例を引きあいに出して判事にくいさがり、相手の主張を口で負かし、自分たちだけで盛りあがっては、こうしてコーヒーを飲みながら頭を冷やしているのだ。

おやじはこんな仕事をわたしにさせたがっていたのだ。レイは思わずそう口に出して言いそうになった。彼は新聞を読んでいるふりをして顔を隠しながら弁護士たちの会話の盗み聞きをつづけた。

ルーベン・アトリー老判事の夢は、ロースクールを無事修了した息子たちをクラントンの街へ迎えることだった。そしたら、自身は判事職を退き、息子たちと共同で法律事務所を開き、父子で名誉ある天職につきながら、自身は若い学生たちに、よき弁護士――紳士的な弁護士、田舎の素朴な弁護士――への道を教えながら余生を送るつもりだった。

レイの見方は違っていた。生活するのにやっとの稼ぎ、それが弁護士稼業にたいする彼の認識だった。南部の小さな街の例にもれず、クラントンの街もいまは弁護士だらけだ。裁判所の反対側のオフィスビルに陣取り、弁護士たちは政治家や銀行や各種の市民団体や学校の理事会などの法律問題を請け負う。教会やリトルリーグのチームまで顧問弁護士をかかえている昨今だ。もしレイが弁護士稼業をしていたら、こんな弁護士たちのどの部類に属していただろう？

ロースクールの学生時代、夏休みの期間中、レイは父親の助手を買って出た。もちろん報酬なしで。だから彼はクラントンの街の法律関係者たちをよく知っている。みな悪い人たちではない。ただ人数が多すぎるだけなのだ。

弟のフォレストが曲がった道に進みだしたのはかなり若いときだった。レイはそれがプレッシャーとなって、清貧に生きる父親の方針に従わざるをえなかった。だが、レイにはどうしても抵抗感があった。だから、ロースクールの一年目を終わるころには、クラントンを出ていこうとひそかに意思を固めていた。そのことを父親に話す勇気を得るまでにさらに一年かかった。

レイがロースクールを卒業したとき、フォレストは刑務所のなかにいた。そのころの父親はレイともほとんど口をきかなかった。老判事が最初の心臓発作を起こしてようやく家族はもとのきずなをとり戻した。

レイがクラントンの街を見捨てた理由の第一はかならずしも金銭ではなかった。偉大なおやじの影から脱出したかったのもあった。

若い共同経営者に逃げられて、老判事が夢に描いていたアトリー&アトリー法律事務所は結局のところ幻に終わった。アトリー老判事の人間像は小さな街には大きすぎたのだ。


街はずれにまで来てようやくガスステーションがあった。レイはそこからすぐパークウェーに戻り、時速六十キロから七十キロで車を走らせた。途中、見晴らし台に止まり、風光をめでた。大きな街に入るのを避け、地図を参照してなるべくバイパスを通るようにした。どの道をとろうと、多少の早い遅いはあっても、いずれはミシシッピーに着くのだ。

ノースカロライナのブラックロックの近くまで来てモーテルを一軒見つけた。見るからに古くさいモーテルだった。モーテルの看板には〝エアコン、ケーブルテレビ付き、清潔な部屋が二十九ドル九十九セント〟と表示されていたが、看板そのものはひん曲がり、まわりがサビでぼろぼろだった。

インフレがケーブルを伝わってやってきたのか、いざチェックインしてみると部屋は四十ドルにはねあがっていた。となりに終夜営業のカフェがあったので、レイはそこで夕食のおすすめ〝ダンプリング〟をのどに押しこんだ。夕食後はモーテルの前のベンチに座り、葉巻を吸いながら、たまに通りすぎていく車をながめて時をすごした。

道の反対側、百メートルほど下ったところに、現在は使われていないドライブ・イン・シアターがあった。スクリーンは崩れ落ち、その骨組みにツタがからまり、地面には雑草が生い茂っている。敷地を囲む塀はあちこちで倒れたままだ。

かつてはクラントンの街の入り口にも同様のドライブ・イン・シアターがあった。所有者は北部を本拠にするチェーンで、上映するのはおぞましいホラー映画か、裸ものか、カンフーアクションものと決まっていた。若者たちにとって教育上よろしくないと牧師たちが文句をたれるのも無理はなかった。一九七〇年代、北部の権力者たちはこんな薄汚い映画を送りこんで南部をふたたび汚そうとしていたのだ。

いいものも悪いものもミシシッピーまでやってくるには時間がかかる。ポルノ映画も例外ではなかった。

ドライブ・イン・シアターが『チアリーダー』を上映したとき、道行く車はその内容の濃密さに気づかずに通りすぎていった。ところが次の日、シアターの看板にXXXのマークがつけられると、とたんに車が止まりだした。月曜日に上映されたとき、観客は、少数の好奇心旺盛な者たちかスキ者たちにかぎられていた。おれも見たぞ、と学校で自慢げに語る若者たちの評判も悪いものではなかった。火曜日には、望遠鏡を手にしたティーンエージャーたちが木陰に隠れながら信じられない思いで画面を盗み見していた。水曜日の夜がすぎると、牧師たちが組織する信仰集会が開かれた。しかしそこでの議論は、上手な作戦を考えるよりは、たてまえ論と大言壮語に終始するだけだった。

ある過激なグループは、市民権運動の手法をまねて大群をドライブ・イン・シアターの前に送りこんだ。彼らはプラカードを掲げ、聖歌を歌い、かつ、祈り、劇場に入ろうとする車の番号をメモする挙に出た。

水道の蛇口をひねられたように、上映商売は行き詰まった。北部の元締めは賠償を求めてただちに訴訟を起こした。牧師たちが知恵をしぼった結果、この一件はルーベン・V・アトリー閣下の法廷で裁かれるべきである、ということになった。ファースト長老教会の終身メンバーであり、地元の最初の教会の建設者であるアトリーの子孫であり、この三十年間、日曜学校の教師を務めるルーベン・V・アトリー判事その人が司る法廷である。

公聴会は三日間に及んだ。クラントンの街に『チアリーダー』側の弁護士になる物好きなどいなかったから、ジャクソンに本拠を置く大会社がオーナーの代理人を務めた。十人ほどの地元の証人が牧師側に立って映画の弊害を陳述した。

それから十年後、ロースクールの学生となったレイはこの一件における父親の意見を教科書で読んだ。アトリー判事は連邦法廷における判例の傾向を考慮に入れ、上映反対派の主張を抑制し、連邦最高裁における最近の判例をうたいあげて、上映の続行を許した。しかし、政治的にはこれ以上判事の意見はこれ以上はないというほど法律的には完璧だった。

下の醜態はなかった。この判決を喜ぶ者などひとりもいなかった。判事の家には夜中に脅しの電話がひっきりなしにかかってきた。牧師たちはアトリー判事を裏切り者と決めつけた。彼らは次の選挙で目にもの見せてやるわいと説教台の上で誓っていた。『クラントン・クロニクル』紙や『フォード郡タイムズ』には抗議の手紙が山のようによせられた。どれも、自分たちの清潔なコミュニティーにこんな不潔な風俗の侵入を許したアトリー判事を非難するものばかりだった。批判にやりきれなくなった判事はスピーチをおこなうことにした。その時と場所を彼は日曜日の長老教会と決めた。うわさはいつもどおりたちまち街中に広まった。

ぎっしり埋まった群衆の前、アトリー判事は堂々たる足取りでカーペットの敷かれた通路を歩き、説教台へ向かった。かっぷくのいい百八十センチの長身を黒いローブで包んだ判事は会場を圧するオーラを放っていた。

「法廷で票をかぞえるような判事は、すぐにローブを焼きはらい、郡の代表として立候補したらいい」

判事は厳しい口調で演説をはじめた。

教会のバルコニーのすみに座るレイとフォレストの兄弟はいまにも泣きだしそうだった。ふたりは家を出る前、今日だけは集会をサボっていいでしょ、と父親に懇願したのだが、日曜礼拝の欠席だけはどんな事情があっても許されない行為だった。

個人的にどんな見解をもっていても法の決定には従わなくてはいけないことを、判事は法律にうといた大衆に向かって説いた。よき判事は法に従い、群衆に迎合するのは弱い判事である、とも述べた。意志の弱い判事は票を気にして法をねじ曲げる結果、訴えが上級裁判で審議される段になって泣くことになるのだ、とも。

「このわたしをなんとでも呼んだらいい」

判事は黙りこくる群衆に向かって言った。

「しかし、わたしは臆病者ではない」

レイはあのときの父親の言葉をはっきり覚えている。まるでジャイアントのようにひとり説教台に立つ父親の姿をいまでも脳裏に浮かべることができる。

一週間か二週間すると、抗議の波も鎮まり、ポルノ映画は堂々と上映されることとなった。復讐もののカンフー映画も戻ってきて、映画ファンは喜んだ。二年後の選挙でアトリー判事はいつもどおりフォード郡の票の八十パーセントを獲得した。

レイは吸いかけの葉巻をやぶに投げ捨て、モーテルの部屋に戻った。涼しい夜だったので、窓を開けた。前の道を通りすぎては山の方向に消えていく車の音が聞こえていた。

第五章

どの道にもいわくがあり、どの建物にも思い出がある。楽しい子供時代をすごした恵まれた者たちは、郷里の街をドライブするとき幸せな気分で昔を思いだすことができる。そうでない者たちは道を歩きながら一刻も早く逃げだしたいと思う。

街は変わったようでもあり、昔のままのようでもあった。街に入るところのハイウエーの両側には、安っぽい金属製のビルや、移動ハウスなどが恥じ入ることなく寄り集まっている。フォード郡には区域指定はない。地主はなんの許可もなく、また検査を受けることもなく、なんの制約も受けずに、となりの境界線ぎりぎりに自分のビルを建てることができる。建設にあたって事前に手続きが必要なのは養豚場と核施設だけだ。その結果、ビルとビルがくっつきあい、街の風景は年々醜くなる。

しかし、街の中心近くの古い家並みは昔のままである。並木道はきれいで、レイが自転車を乗りまわした子供時代と変わっていない。たいがいの家の主は昔のままで、みなレイの知っている人たちだ。家主が変わった家があっても、芝生は手入れされ、外回りはきれいに塗装されている。もっとも、何軒かはほったらかしにされたままで、廃屋になってしまった家もある。この信仰深い街ではまだ日曜日の不文律が生きている。日曜日には用事をせず、教会へ行き、そのあとは、ポーチに座ってくつろぐか、となり近所を訪問して、神の意思に従ってリラックスして一日をすごすのである。

曇っていて、五月にしては肌寒い日だった。レイは、弟と約束した時刻までまだ間があったので、昔なつかしい街をぶらつくことにした。足は自然に楽しい思い出の地に彼を運んでいた。リトルリーグチームのパイレーツの一員だったときよくプレーした《ディジー・ディーン・パーク》。夏のあいだいつも泳いでいた市民プール。ただし、一九六九年の夏は泳げなかった。黒人の子供たちの入場を許すくらいなら閉鎖したほうがいいと市が決めたからだ。教会もいろいろある——バプテストに、メソジストに、長老教会——その三つがエルムとセカンド通りの角に高さを競うように向かいあって建っている。そのどれもが今はからっぽだが、一時間もすると夕方の礼拝に訪れる大勢の信者たちで賑わうはずだ。

街の中心広場は静まりかえっている。それに通じる商店街も同じだ。八千人という人口は、街の小さな商店街を駆逐するディスカウントストアを引き寄せるにはじゅうぶんな大きさである。しかし、クラントンの人たちは昔からの商店街を見捨てなかったから、広場付近で閉鎖に追いこまれた店は一軒もなかった。商店にまざって銀行や法律事務所やカフェが軒をつらねている。安息日にはそれらのすべてがシャッターを閉める。

レイは墓地の道をそろそろと進み、墓石がぐんと大きくなる古いセクションのなかでアトリー家の墓を探した。彼の先祖の何人かはその死にさいして記念碑を立てていた。自分の知らない財産がその記念碑の下に埋められているのでは、とレイはいつもそんな気がしていた。車を止めて母親の墓に歩を進めた。何年ぶりかの訪問である。彼女はアトリー家用の敷地のいちばん端っこに埋められている。アトリー家では彼女の存在そのものが希薄だった。

レイはもうすぐ、つまり一時間後には、老判事の書斎に座り、まずいインスタント紅茶を飲まされながら、どう埋葬したらいいかについての父親の指示を聞いていることだろう。ついては、いろいろな指示や命令が下されるにちがいない。なぜなら、老判事は偉大な人物だから、自分がどう記憶されたいかについて相当こだわっているにちがいないからだ。

レイはさらに道を進んでいき、子供時代に二度登ったことのある給水塔の前を通りすぎた。

〈二度目に登ったあのときは警察官に見つかってお仕置きをされたっけ〉

卒業以来はじめて見る母校の高校の前で彼は思わず顔をゆがめた。裏手にはフットボールのグラウンドがある。スター選手だった弟のフォレストはかなり期待されて、もうすこしで有名になれるところだったのに、薬物に手を出してチームからほうり出されてしまった。

五月七日、日曜日の五時まであと二十分と迫っていた。いよいよ家族会議の時間である。


メープル・ランに人が住んでいる気配はなかった。ただ、表庭の芝生がこの数日間で刈られたらしく、きれいになっていた。老判事の黒いリンカーンが裏手に駐車してあるのが見えた。このふたつの証拠以外に、ここに人が住んでいる兆候はなにもなかった。

家の前面に四本の大きな柱がそびえている。レイが住んでいた当時、これらの柱は白く塗られていた。しかし、いまはツタにからまれていて緑色に見える。柱の上部の梁《はり》から屋根にかけて藤のツルが炎のようにからまっている。雑草の繁殖力はものすごく、花壇も灌木《かんぼく》も通路も緑におおわれて見えなくなっている。

記憶がわっとよみがえった。ここに来るといつもそうだ。レイは私道をゆっくり進み、かつてはりっぱだった屋敷の惨状をまのあたりにして思わず首を横にふった。良心のかしゃくにさいなまれるのも今回がはじめてではなかった。家にとどまり老判事といっしょに法律事務所を開設したほうがよかったのでは。地元の女の子と結婚して子供を五、六人産ませていたら、子供たちはメープル・ランに住んで高齢の判事を喜ばせていただろうに。

レイは車のドアをわざと音をたてて閉めた。だれがそこにいるにしろ、家人の注意をひきたかったからだ。ほとんど死にかけている後家さん一家が住んでいるとなりの家も南北戦争前に建てられたもので、かなり古い。そちらは手入れが行き届いていて、雑草類は刈られ、五本の大きな大木が家を囲んでいる。

玄関の階段とポーチは最近そうじされたらしく、きれいになっていた。ドアは半開きになっていて、そこに花をつけた枝がしなだれかかっているのが見えた。老判事はドアに鍵をかけない主義の人だ。エアコンをきらって設置せず、かわりに家じゅうの窓を開け放ったままにしている。

レイは大きく息を吸いこんでから勢いよくドアを開けた。ドアはドアストップにあたって大きな音をたてた。家のなかに足を踏みいれたレイは、今回はどんなにおいがするのかと鼻をクンクンさせた。老判事は長年、しつけの悪い猫を飼っていた。その結果が家のあちこちに残っている。しかし、猫が死んでしまった今は不愉快なにおいはなくなっていた。家のなかの空気は暖かく、かつ、ほこりっぽくてパイプ煙草のにおいがきつかった。

「だれかいますか?」

レイはひかえめな声で呼びかけた。だが、返事はなかった。玄関広間は、屋敷内のほかの部分同様、老判事がまだ重要だと思いこんでいるファイルや書類を詰めこんだ段ボール箱でいっぱいだった。

郡が彼を裁判所のオフィスから追放して以来、箱はそこに積まれたままだ。右に目を向ければそこはダイニングルームで、四十年前からなにひとつ変わっていない。角を曲がり廊下に出ると、そこにも段ボール箱が積まれていた。レイは足音をたてずに二、三歩あゆみ、父親の書斎をのぞいた。

老判事はソファの上でうたた寝していた。

レイはあわててあとずさりしてキッチンに入っていった。驚いたことに、流しのなかに汚れ物はなく、カウンターの上もきれいだった。ふつう、いつ来てもキッチンはめちゃくちゃだったのに、今日は違っていた。レイは冷蔵庫からダイエットソーダをとりだしてきてテーブルにつき、おやじを起こそうか、それとも避けられない会談をすこしでも先延ばししようかと思案した。病気の老人には休息が必要だ。レイはソーダを飲んで時間をつぶすことにした。ストーブの上の時計の針はやがて五時をさそうとしていた。

弟ももうじきやって来るはずだ。今回は重要な家族会議だからキャンセルはしないだろう。だが彼は、時間どおりに来たためしがない。時計をもたず、今日が何曜日か知らないのをいつも自慢しているぐらいなのだから。

ちょうど五時だった。レイは待ちくたびれた。長い旅のあとだったし、用事を早く済ませたくもあった。書斎に行ってみると、老判事はさっきのままの格好でまだうたた寝をつづけていた。父親を起こしたくなかったのと、他人の家に侵入したような妙なうしろめたさを覚えて、レイは一分間か二分間、その場から動けなかった。

老判事は案の定、例の黒いズボンに、いつもと同じノリのきいた白いシャツを着ていた。ネクタイはしていないものの、濃紺のサスペンダーと黒いソックス、黒い靴はいつもと同じだった。前見たときよりもかなり痩せていて、服がダボダボに見えた。ほおがこけ、顔色は悪かった。薄い髪の毛はうしろにとかされていた。腰のあたりで組んだ手は、シャツとまちがえるほど白かった。

手の横、ベルトの右はしに小さなプラスチックの箱が見えた。レイは一歩前に出て顔を近づけ、箱をよく見た。モルヒネを入れた箱だった。

レイは目を閉じた。しばらくしてから目を開き、部屋の周囲を見まわした。フォレスト将軍の肖像の下に置かれているロールトップの机はまったく昔のままだった。古くさいアンダーウッドのタイプライターも前のままの場所に置いてあった。横には用紙が積まれている。そこから二、三メートル離れたところに置かれている大きなマホガニーの机は、フォレスト将軍とともに戦ったアトリーが残したものだ。

肖像のなかのフォレスト将軍の厳しい視線にさらされながら、レイは悠久の部屋の真ん中に立ちつくした。

老判事の息は止まっていた。それに気づいたものの、レイはその事実をしばらく受け入れられなかった。咳ばらいもしてみた。だが、老判事はなんの反応も示さなかった。やがてレイは身をかがめて父親の手首に手を当てた。脈はなかった。

ルーベン・V・アトリー判事は完全に死んでいた。

第六章

背もたれにおんぼろのキルトのかかったアンティークの籐の椅子があった。その椅子を使っていたのは猫だけだった。レイはその椅子に身を沈めた。とりあえずそれがいちばん近くにあったからだ。そこに座ったままソファに向かいあい、父親がふたたび呼吸しはじめるのを待った。父親が目を開け、「フォレストはどこだ」と言って家族会議をはじめるのを待った。

しかし、老判事は動かなかった。屋敷のなかは静まりかえっていた。聞こえるのは、自分を静めようと肩を上下させてするレイの呼吸だけだった。動きのない空気は重くさえ感じられた。レイは血の気のなくなった父親の手を見つめた。もしかしたらすこしは動くのではと、まだそんな期待すら抱いていた。なにかの拍子にふたたび血が巡りはじめ、手が上下するのではと。しかし、なにごとも起きなかった。

父親は板のように硬直していた。あたかも最後のうたた寝が死の世界への旅立ちだと知っていたかのように、両手両足をきちんとそろえ、あごをまっすぐ胸にあずけていた。上下の唇は、笑みを残すかのような形で合わされていた。強力なモルヒネが痛みを抑えていたのだろう。

ショックがやわらぐにつれ、さまざまな疑問がわいてきた。おやじはいつ息をひきとったのだろう？　死因はガンだったのだろうか？　それともモルヒネによる自殺か？　どちらにしても違いがあるだろうか？　息子たちに見せるつもりでこの場を演出したのだろうか？　それにしても弟はどうしたんだ？　もっとも、彼がいてもなんの助けにもならないだろうが。

父親の死に目にあえず、ひとり取り残されて、レイはこみあげてくる涙をこらえた。例にもれず、後悔の念が胸のなかでうずいた。もっと早く来ていればよかったのに。なぜもっとひんぱんに帰省しなかったのだろう。そのつもりなら電話もできたし、手紙だって書けたじゃないか。後悔の種は尽きなかった。

レイは頭を切りかえて立ちあがった。それからソファの横にひざまずき、老判事の胸に首をあずけてささやいた。

「愛しているよ、父さん」

それから手短に祈りの言葉を唱えた。立ちあがったとき、彼の目からは涙がポロポロこぼれていた。しかしレイは、もうじきやってくるはずの弟に泣いているところを見られたくなかった。この場のあとかたづけは感情抜きでやろう、と彼は心に決めた。

マホガニーの机の上にパイプを二本のせた灰皿があるのに気づいた。パイプの一本はからっぽだったが、もう一本のほうには最近吸ったと思われるタバコが詰まっていた。

〈まだあったかいじゃないか！〉

すくなくともレイにはそう感じられた。ぶっちらかっているのを息子たちに見せたくなくて、パイプを吹かしながら机の上の書類をかたづける老判事の姿が目に浮かぶようだった。おそらくそこで激痛に襲われ、ソファに横になって痛み止めのためにモルヒネを打ったのだろう。そしてそのまま意識をなくしていったのでは。

タイプライターの横に封筒が置いてあるのが見えた。判事の名の印刷された正式な封筒だ。封筒の表には〝ルーベン・V・アトリーの最終的な遺言状〟とタイプされ、その表題の下には二〇〇〇年五月六日、つまり昨日の日付が打ってあった。

レイは封筒をとりあげ、部屋を出た。それから、冷蔵庫からダイエットソーダをもう一本とりだし、フロントポーチに行ってゆり椅子に座り、弟が来るのを待った。

弟の到着を待たずに葬儀屋に連絡しておやじを引きとってもらうべきだろうか？　やりきれ

ない思いを増幅させながら、レイはとるべき行動を模索した。とりあえずは遺言状を読むことにした。ペラ紙にしたためられた簡単な内容だった。判事の書類としてこれは驚くにあたらなかった。

レイは六時になるまで待つことにした。それでも弟が来なかったら、そのときに葬儀屋に連絡すればいいと。

書斎に戻ってみると、あたりまえの話だが、老判事はまだ死んだままだった。レイは遺言状をタイプライターの横に戻し、周囲の書類をパラパラとめくってみた。妙な気分だった。しかし考えてみれば、自分は父親の遺言状の執行人なのだ。やがて自分の責任で各種の清算をしなければならない。財産の目録をつくり、請求書にたいする支払いをすませ、アトリー家に残された現金を集計し、それをすべて公のものにしなければならないのだ。

遺言状には、すべてを兄弟で二等分するようにとあった。だから、相続には複雑なことがなく比較的簡単にすむはずだ。

ソファのうしろの壁には本棚があり、本棚には法律関係の論文がたくさん詰まっていた。書きかけたままもう何十年もほったらかしにされているような古い書類ばかりである。本棚はクルミ材でできていて、家の言い伝えによると、十九世紀の終わりに老判事の祖父が殺人犯を釈放してやったことがあり、その礼として殺人犯から贈られたものだという。この一件についての質問は、のちにフォレストがやっかいごとに巻きこまれるまで家のなかでは禁句だった。本棚は腰の高さほどのキャビネットの上に置かれている。キャビネットには六つのドアがついていて、おのおのが物入れに使われている。レイは中をのぞいたことは一度もなかった。キャビネットの前にはソファが置かれ、そのおかげでキャビネットは目立たなかった。

キャビネットのドアのひとつが開いたままになっていた。レイがのぞいてみると、《ブレーク&サン》社の緑色の紙箱が見えた。レイには見慣れたマークだ。《ブレーク&サン》社はメンフィスではもっとも古い印刷屋で、州内のほとんどの弁護士や判事は自分たちのレターヘッドや封筒を《ブレーク&サン》社に注文している。大昔からそうなのだ。よく見ようとレイは身をかがめ、ソファのうしろに移動した。ドアのなかのスペースは狭くて暗かった。

床から数センチ高いだけのその棚の奥に、封筒用の紙箱がふたを開けたままの状態で置かれていた。

しかし、箱のなかに封筒は入っていなかった。そのかわりそこに詰まっていたのは現金だった——百ドル札の束である。何百もの束がきちんと入れられている。横三十センチ、縦三十五センチ、深さ三十センチもあるだろうか。レイは箱をもちあげてみた。とても重かった。しかも、手前の箱をとりだしてみると、その奥からはさらに同じような箱が一ダースも出てきた。

レイは二つ目の箱をとりだし、開けてみた。やはり詰まっていたのは百ドル紙幣の束だった。三つ目の箱も同じだった。四つ目の箱に入っていた札は黄色い帯で束ねられ、おのおのの帯には〝二千ドル〟と印字されていた。レイが急いでかぞえてみると、計五十三束あった。

それだけでも総計十万六千ドルになる。レイはソファのうしろを這いずりまわり、よけいな跡を残して誰かにとがめられるようなことがないようにしながら、残りの五つのドアをひとつずつ開けてみた。《ブレーク&サン》社の緑色の箱がすくなくとも二十個見つかった。

しばらく茫然とその場に立ちつくしていたレイは、やがて書斎をあとにすると、玄関広場を通り、フロントポーチに出て新鮮な空気を吸った。めまいがして夢のなかにいるような変な気分だった。階段のいちばん上のステップに腰をおろしたときは、大粒の汗が小鼻を伝って下に落ち、ズボンのなかにしみ込んできた。

頭のなかは混乱していたが、計算だけはできた。箱が二十個あり、おのおの箱にすくなくとも十万ドル詰まっているとすると、その総額は老判事が三十二年間の法廷人生で得た報酬の総計をはるかに上回ることになる。彼の判事稼業はフルタイムだったから、サイドビジネスなどできなかったはずだ。九年前に落選してからもそれほどの稼ぎはなかったろう。

老判事はギャンブルもやらなかった。そして、レイが知るかぎり、株に手を出したことは一度もなかった。

公道をこちらに向かって走ってくる車が見えた。弟の車だと思ってレイは身を硬くした。しかし、車は屋敷の前を通りすぎていった。レイはあわてて立ちあがると、書斎に向かって駆けだした。

レイはソファの端をもちあげ、書棚から十五センチほど離した。さらにもう一方の端をもちあげ、同じようにずらして書棚とのあいだにスペースをつくった。それから、ひざをついて身をかがめ、《ブレーク＆サン》社の箱をかき出しはじめた。五個ほど取りだしたところで、それらをキッチンに運び、メードのイレーヌがいつもそうじ用具をしまっていた小さな物置のなかに隠すことにした。物置のなかにはまだホウキとモップが入っていた。イレーヌが死んだあと使う者がいないのだから当然である。レイはクモの巣を払い、箱を物置の床にきちんと並べて置いた。

物置は目立たないところにあり、ドアに窓がないから見すごされやすかった。

ダイニングルームの窓からレイは私道の様子を調べた。異常はなかったので、書斎へ急行し、さらに七つの箱をひとまとめにして危なっかしそうに物置のなかに運びこんだ。もう一度ダイニングルームの窓辺に戻って外を調べたが、なにごともなかった。書斎に戻ってみると老判事の顔は前よりもさらに青ざめていた。キャビネットと物置のあいだをさらに二度ほど往復して作業は完了した。箱は合計で二十七個もあり、全部が物置のなかにおさまった。

〈ここならだれにも気づかれないだろう〉

六時になろうとしていた。レイは車のところへ行き、一泊用のスーツケースをとりだした。シャツとズボンを着替えたかったのだ。家の中のすべてがほこりをかぶっていたから、彼が手に触れた個所には例外なく跡が残っていた。レイは階下にあるただひとつのバスルームに入り、体を洗い、タオルで拭いた。それから書斎に戻ってソファの位置を直し、散らかしたものをかたづけた。それが終わると別の部屋へ行き、キャビネットを見つけては、ひとつひとつ中を調べた。

二階にある老判事のクローゼットを調べていたときだった。窓を通して車の近づく音が聞こえた。レイはあわてて階段をおり、ポーチのゆり椅子にすべりこんだ。ちょうどフォレストがアウディの向こう側に彼の車を止めたところだったので、レイはさっきから椅子に座っているふりをすることができた。しかし、あわてていたので息をするたびに肩が大きく上下した。

父親の死だけでもショックなのに、その直後に莫大な現金が出てきて、レイは腰が抜けるほど動転していた。

白いズボンのポケットに手を深くつっこんだフォレストがゆっくりした足取りで階段をのぼってきた。黒ピカの戦闘ブーツを明るいグリーンの靴ひもで縛っている。彼の格好はいつも奇抜だ。

「フォレスト」

レイが小さな声で呼びかけると、弟はこちらを向いた。

「やあ、兄貴」

「おやじは死んじゃったぞ」

フォレストはぴたりと足を止め、しばらくのあいだ兄を見つめた。それから外の道路のほうに視線を向けた。彼は赤いTシャツの上に着古した茶色のブレザーをはおっていた。フォレストしかやらない独特のアンサンブルである。しかもこれが彼にはよく似合うのだ。クラントンから出た最初の自由人と自称するだけあって、彼はいつも〝クール〟で〝オフビート〟で〝アバンギャルド〟で〝ヒップ〟なのだ。

　すこし太りぎみだが、足取りは軽やかだった。彼の白髪まじりの髪の毛はレイよりもずっと白く見え、頭にはすり切れたカブスの野球帽をかぶっていた。

「おやじはどこにいるんだい？」

　フォレストが訊いた。

「その中だ」

　フォレストが網戸を引いて開けた。レイは彼のあとにつづいて家のなかに入った。弟は書斎のドア口で立ち止まり、どうしていいか分からないふうだった。

　しばらく父親を見つめていたフォレストの頭が片方にかしげた。それを見てレイは、弟がその場で倒れるのかと思った。いつも強そうにふるまってはいる弟だが、じつは常に感情のぎりぎりのところを行ったり来たりしているのだ。フォレストがつぶやいた。

「オー　マイ　ゴッド」

　彼はぎこちない身ぶりで、そこにあったゆり椅子にへたりこんだ。それから、信じられないといった目つきで老判事を見つめた。

「本当に死んでいるのか？」

フォレストはあごをこわばらせながら、なんとか言葉を口にした。

「ああ、死んでるよ、フォレスト」

フォレストはつばをごくりと飲みこみ、こみあげてくる涙をこらえながら、ようやく言った。

「兄貴はいつここに着いたんだい？」

レイは回転椅子に腰をおろし、それをまわして弟に向きなおった。

「五時ごろだったと思うけど。はじめは寝ているのかと思ったんだ。でもよく見たら死んでいた」

「変なところに出くわしちゃったな」

フォレストが目のはじをぬぐいながら言った。

「いずれだれかに発見されるんだ」

「これからどうしたらいいんだろう？」

「葬儀屋に連絡するさ」

そのとおりだと言わんばかりにフォレストはうなずいた。それから彼はゆっくり立ち上がり、おぼつかなげな足取りでソファに歩みより、父親の手をにぎった。

「いつ息を引き取ったんだろう？」

独り言のように言う彼の声はかすれてこわばっていた。

「それは分からない。もしかしたら二時間くらい前じゃないか」

「あれはなんだい？」

「モルヒネの入れ物だよ」

「モルヒネの打ちすぎかな？」

「むしろそうだといいんだが」

「家にとどまって、おやじといっしょにいてやっていたら……」

「いまさらそんなことを言うな」

フォレストははじめて見るような目で部屋の周囲を見回した。それからロールトップの机のところに行き、タイプライターに目を向けた。

「もうリボンを取り換える必要もなくなったな」

弟の言葉にレイも同意した。

「まあな」

それから彼はソファのうしろのキャビネットをちらりと見た。

「もし読みたいなら、そこに遺言状が置いてあるぞ。サインは昨日の日付だ」

「なんて書いてあるんだい？」

「全部二等分しろ、と。執行人はわたしだけど」

「もちろん兄貴が執行人だろうさ」

フォレストはマホガニーの机の向こうに行き、そこに積んである書類の束に目をやった。

「この家に最後に足を踏み入れてから九年になるな。信じられないだろ？」

「まったくな」

「じつは選挙の二、三日あとに立ちよったんだ。あんな結果になって残念だったとおやじに言って、それから小づかいを少しもらおうと思ってね。そしたら言い争いになっちゃった」

「いまそんな話はよせよ、フォレスト」

おやじとフォレストとのいさかいについて語りだしたらきりがない。

「結局一セントももらえなかった」

フォレストはぶつぶつ言いながら机の引き出しを開けた。

「なにが残っているか全部調べなきゃならないんだろ？」

「いずれあとでな」

「それは兄貴がやってくれよな。執行人なんだから。汚い仕事はそっちにまかせるよ」

「そろそろ葬儀屋に連絡しなきゃな」

「その前に一杯やりたいな」

「よせよ、フォレスト。いまは自重しろ。おまえだって……」

「また説教かよ、兄貴。やめてくれ。おれはいつでも飲みたいときに飲むんだ」

「ああ、分かってる。じゃ、葬儀屋に連絡するか。それからポーチに出て待つことにしよう」

葬儀屋よりも先に警察官がひとりやってきた。頭をつるつるに剃った若い警察官で、日曜日の昼寝を邪魔されたような不機嫌そうな顔をしていた。警察官はポーチであれこれ質問してから家のなかに入り、遺体を調べた。書類をいろいろそろえる必要があった。警察官の尋問に応じながら、レイは砂糖をたくさん入れた紅茶のポットをつくった。

警察官が訊いた。

「死因は？」

「ガンと、心臓病と、糖尿病と、老衰も原因かな」

レイが答えた。彼も弟もロッキングチェアを静かに揺らしていた。

「分かっただろ？」

フォレストがいかにも横柄そうに言った。警察官にたいする敬意をもともと彼がどれほどもっていたかは別にして、そんなものは彼の体の中からとっくになくなっていた。

「司法解剖を希望しますか？」

「いや」

ふたりは同時に答えた。

警察官は書きあげた書類にレイとフォレスト両方のサインを求めた。警察官が立ち去るのを見送ってからレイが言った。

「これからうわさが山火事みたいに広がるぞ」

「メンフィスだったらこんなこと、うわさにもならないんだけどな」

「ここは小さな街だからな。みんなゴシップが好きなんだよ」

「ああ、知ってるよ。おれは二十年間ここの連中を楽しませてきたんだからな」

「そう言えばそうだ」

ふたりは空のグラスを手にしたまま肩をつけあうようにして話しこんでいた。

「それで結局、遺産ってなにがあるんだい？」

フォレストがついに肝心な質問を発した。

「遺言状を読むかい？」

「いや、いいから話してくれ」

「おやじは財産の目録をつくっていた。この屋敷に、家具に、車に、本に、銀行に貯金してある六千ドルだ」

「それで全部かい？」

「おやじのリストにあるのはそれで全部だ」

レイはうそを避けてそう言った。

「それだけというのはおかしいな。もっとあるはずだぞ」

フォレストはいまにも家捜しをはじめる構えだった。

「みんな寄付しちゃったんじゃないのか。おやじのことだからな」

レイはなだめるような口調で言った。

「おやじの退職金はどうなったんだい？」

「選挙で負けたときに全部引きだしたんだよ。大敗北だったからな。何十万ドルという出費だったはずだ。残りは全部寄付しちゃったんじゃないかな」

「おれをだますんじゃないんだろうな、レイ」

「よせよ、フォレスト。兄弟で争うものなんてなにもないさ」

「じゃ、借金は？」

「ない、っておやじは言っていたけど」

「本当にほかになにもないんだな？」

「よかったら自分で遺言状を読んでみろよ」

「ああ、あとでな」

「おやじがそれにサインしたのは昨日なんだ」

「ということは、おれたちを呼び出しておいて、それに合わせておやじは自殺したというわけか？」

「たしかにそう見えるな」

マガーゲル葬儀社の黒い霊柩車が〝メープル・ラン〟の前でいったん止まり、私道をゆっくりこちらに向かって進んでくるのが見えた。

フォレストは前かがみになり、両ひじをひざに立て、顔を両手にうずめてクックッと泣きだした。

第七章

霊柩車のうしろには検死官、サーバー・フォアマンの車がつづいていた。彼が運転するダッジの赤いピックアップはそうとう古いはずだ。同じ車をレイは学生時代に見ているのだから。そのうしろから来ているのは、ファースト長老教会のスコットランド人牧師、アトリー家の息子ふたりに洗礼を施した年齢不詳の小男、サイラス・パーマーである。

レイが表玄関で三人を迎えているあいだ、フォレストは裏庭に引っ込んだまま表に出てこようとしなかった。三人はそれぞれにお悔やみの言葉を述べた。葬儀屋のマガーゲル氏とパーマー牧師はいまにも泣きだしそうだった。かぞえきれないほどの死体に接している検死官のサーバーはこの件にかんしての相続問題にはいっさい興味がなさそうだった。すくなくとも現時点ではそう見えた。

レイは検死官と葬儀屋を書斎に案内した。そこで検死官はアトリー判事をうやうやしく観察して彼が死んだことを公式に認めた。検死官は言葉ではなく、いかにも役人らしい威張りくさったうなずきで自分の意思を葬儀屋に伝えた。

〝彼は死んでいる。連れていってよろしい〟と。

葬儀屋のマガーゲルもうなずきで応えた。ふたりのコンビがこれまで何度もくりかえしてきた無言の儀式だ。

検死官のサーバーは書面を一枚とりだしてお定まりの質問をはじめた。判事の正式な呼び名、生年月日、生誕地、近親者、死因と、おおよその死亡時刻。問われてレイは今回もまた司法解剖を断わった。

パーマー牧師と連れ立って書斎を出たレイは、いっしょにダイニングテーブルに着いた。死者の息子よりも牧師のほうがはるかに感情をたかぶらせていた。老判事を敬愛していた彼は、自分たちは親友同士だったたと心情を吐露した。

ルーベン・アトリーごとき人物にはそれにふさわしい葬儀が営まれてしかるべきで、大勢の友人や賛美者がつどい、儀式はおざなりであってはいけない、とも述べた。

「ルーベンとわたしはもうずっと前に今日のことを話しあったんだ」

パーマー牧師が言った。その声は低く、かすれていて、いつしゃくりあげはじめてもおかしくなかった。

「それはいいことですね」

レイが答えると牧師はうなずいた。

「お父上は、賛美歌も、読みあげる章も、棺《ひつぎ》をかつぐ人たちのリストも用意されていてね」

レイはそこまでこまかくは考えていなかった。まあ、二百万ドルもの現金に出くわしていなかったら、そういうことにも気がまわっていたかもしれない。レイはくたくたに疲れた頭でパーマー牧師の話を聞いていた。牧師の言葉はちゃんと聞きとれたものの、現金を隠した物置のことを思いだすたびに頭がクラクラとなった。そして、検死官と葬儀屋がまだ書斎の老判事のところにいると知るや、急にそわそわしだし、落ち着くんだ、と自分に言い聞かせる始末だった。

「いろいろありがとうございます」

葬儀の細部が決められていたのは、レイにとってはありがたかった。その点では、ホッとひと息つくことができた。

葬儀屋の助手が移動寝台を押して正面のドアから入ってきた。助手はやりづらそうにしながら、広間を通って寝台を書斎のほうに向かって押していった。

「それから、お父上は通夜を望まれていた」

通夜はちゃんとした葬儀の前におこなわれる伝統的な行事だ。とくにこの地方に住む古い人たちにとっては大切なことである。レイはうなずいた。それを見て牧師が確認した。

「ここでやるのがいちばんいいでしょうね」

「いや」

レイは即座に答えた。

「ここではやりません」

レイは早くひとりになりたかった。みんなが帰ったら、もう一度徹底的に家捜しするつもりだった。

〈どこかにもっとあるかもしれない〉

物置に隠した現金のことも気がかりだった。

〈正確にはいくらあるんだろう？　全部かぞえるのにどのくらい時間がかかるだろう？・紙幣は本物だろうか？　それとも偽札か？　あの大金の出所は一体全体どこなんだ？　これからどう処理したらいいんだろう？　どこへもっていけばいいのか？　だれかに相談すべきか？〉

レイはひとりで考える時間がほしかった。考えを慎重にまとめてちゃんとした行動計画を練りたかった。

「あなたの父上はこの件に関してとてもはっきりしていらっしゃいました」

「でも、すみません、牧師さん。通夜はちゃんとやりますけど、ここではなく、どこか別のところで執りおこないます」

「どうしてなのか訊いてもよろしいかな？」

「母のことがありますから」

牧師はにっこりしながらうなずいた。

「あなたの母上のことはよく覚えています」

「母はテーブルに載せられ、まる二日間ここでさらし者にされました。わたしと弟は階段の下に隠れて、死んだ母親を見世物にする父親を呪ったものです」

レイの声はこわばり、目は充血していた。

「ですから、家で通夜をするのはもうご免なんです、牧師さん」

レイは誠意をこめて話した。心配は別のところにもあった。通夜を家でやるとしたら、たいへんな手間がかかる。まず、家中を大そうじしなければならない。ケータリングサービスに頼んで食事の用意もしなければならない。花屋に頼んで花も届けてもらわなければならない。しかも、これらの手配いっさいを明日の午前中までに済ませなければならないのだ。

「分かります」

牧師はうなずいた。

ちょうどそのとき、葬儀屋の助手が後ずさりしながら移動寝台を引いて書斎から出てきた。寝台の反対側を葬儀屋のマガーゲルが押していた。老判事の遺体には頭のてっぺんからつま先までノリのきいた白いシーツがかぶされていた。検死官がそのあとにつづき、移動寝台は〝メープル・ラン〟の最後の住人を載せてポーチから表の階段をおりていった。

三十分後、家の奥からフォレストが姿を現わした。彼は怪しげな茶色い液体の入った長いグラスを手にしていた。紅茶でないことだけは確かだった。

「やつらはもう帰ったのかい？」

フォレストが私道に目をやりながら言った。レイは答えた。

「ああ」

レイは階段のステップに座り、葉巻を吸っているところだった。その横にフォレストが腰をおろした。酸っぱいにおいがレイの鼻をついた。

「それをどこで見つけたんだ？」

レイが訊いた。

「バスルームのなかに隠し場所があったんだ。少しやるかい？」

「いや、けっこう。いつから隠し場所を知っていたんだ？」

「三十年前からさ」

たしなめるべき言葉がレイの頭のなかを駆け巡った。しかし彼は口をつぐんだ。説教ならもう数えきれないほどしている。しかし効果がなかったのは明らかだ。現にフォレストは〝しらふ〟、すなわち〝クリーン〟百四十一日目でこうしてバーボンをすすっているのだから。

「エリーはどうしてる？」

ゆっくり煙を吐いてからレイが訊いた。

「狂ってるよ。あいかわらずさ」

「彼女は葬儀に参列するのかな？」

「いや、彼女はいま百三十キロもあるんだ。その半分が彼女が動ける限度で、半分以下なら家を出られるけど、半分以上だと家に閉じこもっているしかないんだ」

「じゃ、その〝半分の体重〟になるのはいつなんだい？」

「二、三年前インチキ医者にかかって変な薬をもらったんだ。薬が効いて四十五キロまで落ちたんだけど、医者がムショにぶちこまれると、もとの百三十キロに戻っちゃった。百三十キロはあいつにとって本当に限度なんだ。あいつは毎日量りに乗って、大きな針が百三十の目盛りを越えるたびに悲鳴をあげやがる」

「牧師と話しあったんだけど、通夜はやるけど家ではやらないことにした」

「執行人は兄貴なんだから」

「じゃ、おまえも賛成なんだな？」

「ああ」

弟は思いっきりバーボンをあおり、兄は口いっぱいの煙を吐いた。

「兄貴のところからトンズラしたあの女、名前はなんてったっけ？」

「ヴィッキー」

「ああ、そうそう、ヴィッキー。そもそも兄貴たちの結婚式からおれはあの売女が大きらいだった」

「わたしに見る目がなかったんだ」

「あいつはまだ近所をうろうろしているのかい？」

「ああ、先週も見かけたよ。空港で自家用ジェットから降りてくるところをな」

「あの売女は例の老いぼれと結婚したんだろ？　ウォールストリートから来た詐欺師かなにかと」

「そのとおりさ。でも、その話はやめよう」

「兄貴は女にナメられてるんだよ」

「そうみたいだな。結果が悪い」

フォレストはバーボンをもう一回あおり、こう言った。

「カネの話をしようや。どこにあるんだい？」

レイはドキッとして、心臓が一瞬止まったような気がした。しかし、フォレストは表の庭を見つめていて、レイの表情の変化に気づかなかった。レイは胸のなかで問い返した。

〈カネって、なんのカネの話をしてるんだ、フォレスト？〉

「おやじは寄付しちゃったのさ」

「でも、どうして？」

「おやじのカネなんだから、しょうがないじゃないか」

「おれたちに少しは残しておくべきだったんじゃないかね？」

何年か前、レイは父親から打ち明けられたことがある。老判事はそれまでの十五年間に、フォレストのための罰金や、リハビリ費用として九万ドル以上使ったという。その分をフォレストの飲み食い代として残すこともできたろうし、チャリティーに寄付することもできた。

おやじが自分のカネをどう使おうと、まったくおやじの自由なのだ。レイはちゃんとした職に就いていたから、親のカネをあてにする必要はぜんぜんなかった。

「おやじは家を残したじゃないか」

「これからその家をどうするんだい？」

「おまえがよかったら売るさ。売れた代金はほかの遺産といっしょにとりあえずは公証人に管理してもらう。五十パーセントは相続税としてもっていかれる。相続が正式に認められて、残りがおまえとわたしの手に入るのは一年後だ」

「要するにどういうことなんだ？　もっと分かりやすく話してくれ」

「屋敷が十万ドルで売れたらの話だが、一年後におまえとわたしとで五万ドルを分け合うんだ。それでもわたしたちは運がいいんだぞ」

もちろん屋敷以外にも相続するはずの財産がある。《ブレーク&サン》社の箱に入った札束がキッチンの物置に隠されている。レイはそれをどうしたらいいのか考える時間がほしかった。汚いカネなのだろうか？　遺産のなかにちゃんと含めるべきだろうか？　でも、そんなことをしたら大問題になる。第一、それにはまずちゃんとした説明が必要だ。第二に、その半分は税金でもっていかれる。第三に、フォレストがそんな多額の現金を手にしたら、たちまち薬物におぼれ、自分を殺すことになるだろう。

「ということは、おれは一年後に二万五千ドルもらえるんだな」

フォレストの言葉を聞いて、レイは喜んでいいのか、自己嫌悪すべきなのか分からなくなった。

「まあ、そういうことだ」

「兄貴はこの家がほしくないのかい？」

「いらないな。おまえはどうなんだ？」

「まっぴらだね。二度と入りたくない」

「そんな言い方はよせ、フォレスト」

「おれは追いだされたんだぞ。知ってるだろ？　家族の面汚しだって言われてね。この敷地に二度と足を踏み入れるな、とまで言われたんだぞ」

「でも、おやじは謝ったじゃないか」

フォレストはバーボンをすすった。

「ああ、謝ったさ。でも、ここへ来るとおれは気が滅入るんだ。兄貴が執行人なんだから、好きなようにやってくれ。相続が正式に決まったら小切手を送ってくれればいい」

「なにが残っているのか、少なくともふたりでいっしょに調べようじゃないか」

「おれはやめておく」

フォレストは立ちあがって言った。

「ビールがほしい。もう五カ月も飲んでねえんだ。とにかくビールが飲みてえ」

そう言いながらフォレストは車に向かって歩み、ふり返って言った。

「兄貴も飲むかい？」

「いや、いらない」

「じゃ、一緒に買いに行くかい？」

レイは弟が暴走しないように一緒にいてやりたかった。だが、アトリー家の財産を守らなければいけないという妙な使命感にとらわれて腰が動かなかった。老判事はけっして家に鍵をかけなかった。だから、鍵がいったいどこにしまい込んであるのか見当がつかなかった。

「わたしはここで待っている」

「兄貴のお好きなように」

メープル・ランへの次の訪問者は驚くにあたらない人物だった。レイがキッチンの引き出しを開け、鍵を探していたとき、玄関のドアをたたく大きな音が聞こえた。その声を聞くのは久しぶりだったが、聞き違えるはずはなかった。声の主はハリー・レックス・ボナー弁護士だった。

ふたりは抱きあった。ハリー・レックスのベアハッグにレイは力いっぱいしがみつくことでお返しした。

「アイム　ソーリー」

ハリー・レックスは何度も同じ言葉をくりかえした。ハリーはでかい腹とぶ厚い胸をした熊のような大男だ。老判事を崇拝している彼は、その息子たちのためならなんでもしてやろうと思っている律義《りちぎ》な男でもある。彼の弁護士としての能力を正当に評価するなら、小さな街に囚われの身となっているとしか思えないほどその腕は優秀なのである。

息子フォレストの法律問題で老判事がいつも頼りにしていたのがこのハリー・レックス弁護士だった。

「いつ来たんだい？」

ハリーに訊かれてレイは答えた。

「五時ごろです。来たらおやじは書斎で息を引き取っていました」

「わしのほうは、この二週間法廷に出ずっぱりで、判事にはごぶさたしたままだった。フォレストはどこにいるんだ？」

「ビールを買いにいきました」

その意味するところの危うさをかみしめながら、ふたりはドア近くのゆり椅子に腰をおろした。

「久しぶりに会えてうれしいな、レイ」

「わたしもです、ハリー」

「おやじさんが死んだなんて信じられない」

「わたしもですよ。おやじはいつもここにいましたから、いまでも——」

ハリー・レックスはこみあげてくる涙を袖の裏側でぬぐった。

「アイム　ソー　ソーリー」

感情を高ぶらせながら、ハリーはつぶやくように言った。

「信じられない。最後に会ったのは二週間前だったと思う。おやじさんはいつものように頭もキレて元気に動きまわっていた。痛みで苦しんでいただろうに、文句も言わずに」

「ちょうど十二カ月前にあと一年の命だと宣告されていたんですよ。でも、ずいぶん頑張ったと思います」

「わしもそう思う。実にタフな老人だった」

「お茶でもいかがですか？」

「ありがとう。いただこうかな」

レイはキッチンへ行き、インスタントアイスティーをグラスに二杯分つくってポーチにもってきた。

「あまりおいしくないんですが」

ハリーは一杯ゴクリとやってレイの意見に同意した。

「たしかにね。でも冷たいや」

「通夜をやるんですが、この家は使いません。なにかいいアイデアはありませんか？」

ハリーはちょっと考えてから、身を乗りだしてにんまりした。

「裁判所でやったらいい。丸天井の一階を使うんだ。そこに判事の遺体を王様か何かのように堂々と置くんだよ」

「本気で言ってるんですか？」

「本気さ。判事も喜ぶと思うよ。あそこなら街中の人間がやってきて敬意を表せる」

「いいアイデアですね。気に入りました」

「特級のアイデアさ。わしを信じたまえ。保安官に話して許可をとっておく。みんなも気に入ると思うよ。葬儀はいつなんだい？」

「火曜日です」

「だったら、通夜は明日の午後にしなくては。わしがスピーチしたほうがいいだろ？」

「もちろんです。それよりも、ぜひ葬儀の責任者になって全体をオーガナイズしてくれたらいちばんいいんですけど」

「任しておきなさい。棺はもう選んであるのかな？」

「明日の朝決める予定です」

「カシ材のやつがいいぞ。ブロンズや銅のやつはやめたほうがいい。去年、モンマをカシ材の棺に入れて埋葬したんだけど、あんなきれいな棺は生まれてはじめて見たね。葬儀屋のマガーゲルに注文すればツペロから二時間で取りよせてくれるさ。それから、納骨室なんていらないぞ。あれは葬儀屋のぜに儲けの手だからな。遺骨は腐敗させて土にかえしてやるのがいちばん自然な方法だ」

長々とした忠告にいささか当惑ぎみのレイだったが、感謝の気持ちは忘れなかった。老判事の遺言状には棺のことは触れられていなかったが、納骨室はリクエストされていた。それに墓石の程度のいいのが指定されていた。彼はなんといってもアトリー一族のはしくれなのだ。先祖のなかに堂々と埋葬されたいのだろう。

それはそれとして、老判事の裏の稼ぎについてなにか知っている者がいるとしたら、ハリー・レックス以外にはいないだろう。

メープル・ランの芝生に落ちる影を見つめながらレイはできるだけさりげなく言った。

「おやじはカネを全部寄付しちゃったみたいなんです」

「そう聞いてもわしは驚かないね。おまえさんは？」

「わたしもです」

「判事の寛大さに感激して葬儀には何千人もの人たちがやってくるはずだ。足の不自由な子供たち。医療保険に入っていない病身の老人たち。判事が大学に入れてやった黒人の子供たち。消防署のボランティアたち。いろいろな民間団体。郡のオールスターチーム。ヨーロッパに旅行した学校のグループ。うちの教会からハイチに医師団を送ったんだけど、そのときも判事は千ドル寄付してくれてね」

ハリー・レックスの口から出た〝うちの教会〟にレイは純粋に驚いた。

「へえ、いつから教会に行きはじめたんですか、ハリー？」

「二年前からさ」

「それはまたどうして？」

「新しいワイフをもらったんだ」

「それで何人目ですか？」

「四人目だけど、わしは今度のを本当に気に入っているんだ」

「それは運のいい女性ですね」

「ああ、あいつは実に運がいい」

「通夜を裁判所でやる件はわたしも気に入りました。いろんな人たちが公に参列できますからね。駐車場もたくさんあるし、その点の心配もいりませんから」

「さっきも言っただろ、特級のアイデアさ」

フォレストの車が私道に入ってきた。彼は急ブレーキをかけ、ハリー・レックスのキャデラックすれすれに停車した。夕闇のなか、車から出てきたフォレストは大きなケースを抱えているように見えた。

第八章

ひとりになってから、レイはソファの前のゆり椅子に座り、一生懸命自分に言い聞かせた。おやじがいなくなった生活は、おやじと離ればなれに暮らした生活とそんなに変わりはないのだ、と。今日は長い一日になるだろう。これを、ちょっとした弔いの気持ちを胸に秘めてさりげなくやりすごせばいい。とにかく葬儀の進行に身を任せよう、と。

レイはなおも自分に命じた。

〈ミシシッピーのことは早くたたんでバージニアに逃げ帰るんだ〉

書斎の照明は、机の上にぶらさがる、ほこりをかぶったかさの下の裸電球一個だけだった。

〈明日になったら机に向かい書類調べに没頭しよう。でも今日はできない〉

今夜の彼には考える時間が必要だった。

フォレストもハリー・レックスも酔っていた。とくにフォレストのほうは、いつものことだが、不機嫌で、メンフィスに帰ると言いだす始末だった。そんな弟をレイはなだめ、屋敷にとどまるようにすすめた。

「そんなにおやじの家で寝たくないなら、ポーチで寝ればいいじゃないか」

レイは強制はしなかった。そんなことをしたらケンカになるだけだろう。わしのところに泊めるのがいちばんいいんだが、とハリー・レックスは言ったものの、彼の新しいワイフは根っからの分からず屋で、酔っ払いふたりなどとても引き受けそうになかった。

「ここにいたほうがいいぞ」

ハリー・レックスが忠告しても、フォレストは頑として譲らなかった。アルコールの入ったときの彼は手に負えないやっかい者になる。同じ場面を何度も見てきているレイは、ただ黙って弟とハリー・レックスが言いあうのをながめていた。

言い争いは、フォレストが街の北にあるディープ・ロック・モーテルで部屋を借りることでおさまった。

「市長のワイフとできていたときによく利用したモーテルさ。もう十五年も前の話だけどね」

フォレストが自慢げに語った。ハリー・レックスが調子を合わせた。

「わしもたまに使うけど、あそこはいまはノミの巣だ」

「なつかしいな」

「市長のワイフがか？」

レイが訊くと、答えたのはハリー・レックスだった。

「おまえさんは知らないほうがいい」

酔っ払いふたりは十一時ちょっとすぎに出ていった。そのあとの屋敷のなかの寂しさは時間を追って深まっていった。

玄関のドアにはラッチ式の内鍵がついていた。中庭への出入り口はボルト式の鍵で固められていた。ただひとつの裏口であるキッチンのドアには壊れやすそうなノブがついていたが、実際に鍵は壊れていた。老判事はドライバーもまわせないメカおんちだったが、その遺伝子はレイにも受け継がれていた。すべてのドアを閉め、鍵をかけて、レイはようやく少し安心できた。アトリーの屋敷がこれほど厳重に閉められたのは何十年ぶりだろう。物置に置いた現金を守るためなら、レイはキッチンに寝るのも辞さない構えだった。

父親の神聖な住みかに座り、レイは現金のことは考えないようにしながら、老判事の死亡記事を頭のなかに書きつづった。

アトリー判事は一九五九年に第二十五チャンセリー司法区の主席判事に選出されたのをかわきりに、一九九一年まで、四年ごとの選挙を地すべり的勝利で飾ってきた。まじめに公務に励んだ三十二年間。法律家としての彼の業績はだれにも否定できない。判事は自分が手がけた話題のケースについて同僚からよく問い合わせを受けた。オーレ・ミス・ロースクールでの彼の名講義はつとに有名だ。そのかぞえきれないほどの著作は、法の執行から、法の手続き、法の趨勢《すうせい》にまで及んでいる。ミシシッピー州最高裁判事への指名を彼は二度も断わっている。理由は、たんに実務判事としての職をつづけたかったからだ。

制服を着ていないときのアトリー判事は地域の活動に力をそそいだ――政治、市民団体の仕事、学校、教会。フォード郡内において彼の賛同なしに成立した事業はまずないと言っていい。彼が反対する事業が強行されたためしがない。さまざまな機会において彼は理事会、委員会、重要会議に出席を求められた。政界にも影響力をもち、ひそかに自分の支持する候補を応援し、自分のきらいな候補の足をひっぱって落選させるのも彼の得意技だった。

ほとんどないはずの余暇を、彼は歴史と聖書の研究に、また、法にかんする著作に費やした。息子たちとキャッチボールなどしたことは一度もない。息子たちを釣りに連れていったこともない。

彼は妻に先立たれている。彼の妻マーガレットは息子ふたりを残し、一九六九年に動脈瘤で急死した。

聖人君子のような生活を送ったこの年月のあいだに、老判事はどうやったのか、途方もない額の現金を貯めこんだ。

〈現金の謎を解くカギは机の上にあるかもしれない。あの山と積まれた書類のなかか、もしかしたら、引き出しのなかに隠されているのか。そのものズバリの説明でないにしろ、おやじは必ずなにかのカギを残しているはずだ。この現金に結びつく裁判沙汰があったにちがいない〉

フォード郡内で二百万ドルもの現金を右から左に動かせるような人間をレイは知らない。これほどの現金をだれかがタンス預金しておくなんて考えられないことだった。

〈もう一度総額をかぞえてみる必要がある〉

夕方二度ほどかぞえたが、あれはごく一部であり、現金を入れた箱が計二十七個あるのを確認しただけだった。だから、レイは正確な総額が気になってしかたなかった。

〈朝、明るくなるのを待とう。街が動きだす前にかぞえるのだ。キッチンの窓をなにかで目隠しして、箱をひとつずつとりだして調べよう〉

深夜の十二時ちょっと前、レイは一階の寝室で見つけたマットレスをダイニングルームまで引きずってきて、それを物置から五メートルほどのところに置いた。そこからなら私道ととなりの家の玄関が見渡せた。それから彼は二階へ行き、父親のナイトテーブルの引き出しで38口径の〝スミス&ウェッソン〟拳銃を見つけた。

レイはかびくさい枕に頭をのせ、かびくさい毛布にくるまって寝ようとしたが、頭が冴えてとても眠れなかった。

家の奥のほうからガタゴトとなにかが揺れる音が聞こえた。たんなる風のいたずらだったが、レイは目を覚ました。自分がどこにいて、なにが聞こえているのか頭ではっきり認識するのにちょっと時間がかかった。なにかをたたく音につづいて激しく揺れる音がしたかと思うと、また静寂が戻った。レイはマットレスの上で拳銃をにぎり、身構えた。家のなかはレイが望む以上に暗かった。それというのも、電球のすべてが切れていたにもかかわらず、判事がケチでそれらを取り換えていなかったからだ。

二十七個の箱いっぱいに現金をかかえたドケチ！

〈明日の朝一番に電球を換えよう〉

物音がふたたび聞こえてきた。今度のははっきりしていて性急だ。風に揺られる葉っぱや小枝ではありえない。ガタガタという音につづいて、だれかが何かをこじ開けようとする、押すか引くかする物音だ。

私道に車が二台駐車してある。レイの車とフォレストの車だ。どんなバカでも家に人がいるのが分かるはずなのに。このバカはそれが気にならないらしい。おそらくそいつは拳銃を所持しているのだろう。その扱い方もレイよりは上にちがいない。

レイは腹ばいになって玄関広間を横切った。短距離走者のように息を荒げ、カニのようにチヨコチョコと動いた。一度廊下のところで止まり、静寂のなかで耳をすました。歓迎すべき静寂だ。だれだか知らないけど、早く出ていっちゃえ。レイは自分に向かって言いつづけた。

〈おねがいだ、出ていってくれ!〉

ガタガタガタ。レイのねがいもむなしく、ふたたび音がした。レイは銃口を前方に向け、腹ばいのまま奥の寝室のほうへ移動していった。弾はこめられているのか? レイは自問したが、もう遅すぎた。ベッドサイドに置いておく拳銃なのだから、おやじは弾をこめているはずだ。

ガタガタガタ。物音はさらに大きくなり、小さなベッドルームから聞こえてくる。昔、客室として使われていたものだが、いまはガラクタを入れた段ボール箱の置き場になっている。レイは頭でそっと突いてドアをすこしだけ開けてみた。しかし見えたのは段ボールの箱だけだった。と、そのとき、ドアがひとりでに開き、床に立ててあった照明器具にぶち当たった。照明器具は倒れて、三つある窓のうちの一番目の窓に当たって壊れた。

レイはあやうく引き金を引くところだった。だが、自制心というよりも、怖さからそれができなかった。木の床に腹ばいのまま、汗でびっしょりになりながら、しばらく呆然としていた。クモの巣を手で払い、耳をすませたが、なにも聞こえなかった。物影がもりあがり、床に沈んだ。風が木々の枝を揺らしている。小枝が屋根のどこかをこすっている。

すべては風のいたずらだ。風と、たくさんの霊が宿っている〝メープル・ラン〟の幽霊のなせるわざなのだろう。ここは古い家で大勢の人間が死んでいるからだと母親が言っていた。地下室に埋められた奴隷の幽霊がいつもうろうろしているのだと、そんな話をしていた。

幽霊話のきらいな判事はそんなことを聞くたびに一笑に付していた。

レイがようやく上半身を起こしたとき、ひじにもひざにも感覚がなくなっていた。しばらくしてからレイは立ちあがり、窓枠に身をもたせ、外に向かって銃を構えた。もし本当に侵入者がいたのなら、物音はもっとはっきりしていただろうし、だいいち、レイはもっと震えあがっていたはずだ。しかし、そこにじっと立ち、時間がたつにつれ、レイは確信できた。物音は風のいたずらにすぎなかったのだ、と。

フォレストは賢かった。たとえディープ・ロックのようなおそまつなモーテルでも、ここよりはよっぽど気分よく眠れているだろう。

ガタガタガタ。

レイはあわてて床に伏せた。恐怖でふたたび体がコチコチになった。しかし、今度のはさっきより悪質だ。なぜなら、音が聞こえてくるのはキッチンからだからだ。レイは多少作戦を考え、腹ばいではなく四つんばいで進むことにした。だが、そのため、玄関広間に着いたときにはひざが悲鳴をあげていた。レイはダイニングルームにつづくフレンチドアのところで止まり、様子をうかがった。フロアは暗かったが、ブラインドからもれてくるポーチのかすかな明かりが壁の上部と天井を照らしていた。

キッチンの裏ドアを開けるとすぐ外に木の台がある。そのあたりをだれかがガサゴソやっている。ドアの向こう側からは足音が聞こえる。そうこうしているうちに、例の鍵の壊れた心細いドアノブがカチャカチャとまわされた。そこにいる人間がだれにしろ、そいつは窓からこっそり侵入してくるような遠慮深いやつではなく、ドアを開け堂々と出入りする図太いやつであることだけは確かだった。

レイはアトリー家の一員である。しかも、ここは彼の所有する敷地内だ。それに、ここは、自衛のためなら銃をぶっ放してもいいミシシッピー州だ。このような状況でのドラスティックな行動を否定する法廷は存在しないだろう。レイはキッチンのテーブルの横にうずくまり、流しの上の窓の上部に狙いを定め、引き金をしぼりはじめた。

闇夜を引き裂く銃声と窓ガラスの割れる音で侵入者は肝を冷やすことだろう。

ドアノブがもう一度カチャカチャと鳴ったところで、レイは引き金を引く指に力をこめた。撃鉄がカチャンと鳴り、銃声は起きなかった。拳銃はカラだった。レイはチャンバーをまわし、もう一度引き金をしぼった。だが、結果は同じだった。

レイはパニックになり、カウンターの上にあった紅茶の魔法ビンをつかむや、それをドアに向かって投げつけた。幸いなことに魔法ビンのぶつかる音はむしろどんな銃声よりも激しかった。我を忘れんばかりの恐怖にかられたレイは照明のスイッチを入れ、銃をこん棒のように振りかざし、怒声をあげながらドアに向かって突進した。

「出ていきやがれ！」

ドアを引き開け、そこにだれもいないのが分かると、レイはためていた息をフーッと吐きだし、ようやくふつうに呼吸しはじめた。

その後三十分ほどレイはできるだけ音をたてるようにしながら、床に散らばったガラスをかたづけた。

レイの訴えを聞いてやってきたのは、アンディという名の警察官だった。ハイスクールでレイと同期だった男のいとこである。警察官が到着して三十秒以内に幼なじみの関係が確認された。そのおかげで、屋敷内の現場を確認しながら、ふたりは和気あいあいとアメフトの話題でもりあがった。一階の窓からだれかが侵入した形跡はまったくなかった。同じようにキッチンのドアから侵入した形跡もなかった。しかし窓ガラスは割れていた。アンディが部屋をひとつずつ調べていくあいだ、レイは二階へ行き、弾痕を探した。警察官による屋敷内の捜索も、レイの弾痕探しも実を結ばなかった。レイが沸かしたコーヒーをふたりはポーチに座って飲んだ。

月曜日の早朝、幼なじみ同士の話ははずんだ。近ごろの警察官は土地の人間を無視して、州政府や連邦政府の代表者ヅラする者が多い。そんななかで、アンディはクラントンの街を守ることに徹しているただひとりの警察官である。その彼が、自分は署内でやっかい者扱いされていると告白した。

「日曜日の夜遅くに事件が起きたことなんて一度もないな」

アンディがつづけた。

「みんな次の日の仕事のために眠っているときだから」

　レイが水を向けると、アンディはフォード郡で起きた事件のあれこれの回顧をはじめた――万引きに、バーの乱闘、黒人居住区ロータウンにおける麻薬密売。二年前には銀行の支店が強盗被害にあった。殺人事件はもう四年も起きていない、と彼は自慢げに語った。アンディは話をつづけながら二杯目のコーヒーを飲んだ。注ぐのはレイの役目だが、必要ならもう一度沸かすこともいとわないほどレイは彼がいてくれるのがうれしかった。徐々に白む空。玄関先に止まっている〝パトロールカー〟とはっきり書かれた車の存在がレイにはとても心強かった。

　アンディは三時半に出ていった。レイは一時間ほどマットレスに寝そべり、役に立たない銃をにぎりながら天井にできたいくつもの穴をながめていた。そして、眠気と闘いながら現金を守る方策を練った。どこの銀行のどんな預金にしておくかではない。そんなことはあとまわしだ。研究課題は、現金を物置から出し、どうやって安全な場所に運ぶかだ。結局バージニアまで運搬しなければならないのだろうか？　クラントンに置いておけるか？　そんなことできるはずがない。それに、総額をいつかぞえられるだろう？

　その日一日の疲れから突然眠気が襲ってきた。レイはたちまち深い眠りのなかに落ちた。パタパタという足音が戻ってきた。だが、熟睡しているレイの耳には届かなかった。簡単に開かないようロープで締められ、椅子でブロックされていたキッチンのドアがガタガタと音をたてていた。しかし、それもレイには聞こえなかった。

第九章

七時半、差しこんでくる朝日でレイは目を覚ました。現金はだれにも手をつけられず、ちゃんとそこにあった。裏口のドアにも、窓にも、こじ開けられた形跡はなかった。すくなくともレイにはそう見えた。

レイはコーヒーを沸かし、キッチンのテーブルに向かい、最初の一杯を飲みながら重大な決意をかためた。

〈もしだれかがこの現金を狙っているのなら、自分は屋敷から離れないほうがいい。たとえいっときでも留守にしてはいけない〉

けっこうな大きさの箱が二十七個もアウディ・ロードスターのトランクルームにおさまるわけがないのだから。

八時に電話が鳴った。ハリー・レックスからだった。彼はフォレストをモーテルに送り届けたことを伝えると同時に、判事の通夜に裁判所の天窓のホールを今日の四時半から使う許可を郡当局から得たことと、すでに黒人コーラスグループを手配したこと、親友のためのおごそかな集会になるようあれこれ手配中であることなどを伝えた。

「棺はどうなった?」

ハリー・レックスがたずねた。レイは答えた。

「葬儀屋のマガーゲルと十時に会う約束になっているんだけど」

「そりゃよかった。カシ材のを選ぶんだぞ。忘れるなよ。判事もそれがいいって言うに決まってるからな」

ふたりはそれからしばらくフォレストのことについて話しあった。同じ内容の会話をこれまで何度くりかえしてきたことか。

受話器を置くと、レイはてきぱきと行動を開始した。まずキッチンの窓を開け、ブラインドをおろした。これで外の様子も見えるし、音も聞こえる。アトリー判事が死んだニュースは街の広場のコーヒーショップあたりからあちこちに広まっているころだ。予期せぬ訪問者もありうるだろう。

屋敷にはドアも窓もたくさんあるから、それらを二十四時間見張っているわけにはいかない。もしだれかが本当にそのつもりでカネを狙ったら、手に入れるのは可能だ。レイの頭に弾丸を一発ぶちこんで数百万ドルも手にできるのだから、これほど確実な投資はない。

どう考えても現金はどこかに移さなければいけない。

レイは物置の前で作業を開始した。まずひとつ目の箱をとりだすと、中の札束を全部黒いプラスチックのゴミ袋に投げこんだ。同じ作業をくりかえして箱を八つカラにした。最初のゴミ袋に百万ドルほど入れたところで、彼はそれをキッチンのドアのところに運び、外の様子をうかがった。カラになった箱は本棚の下のキャビネットのなかに戻した。残りの箱にあった札束を入れるのにもう二袋使った。それから外に出たレイは、車をバックさせ、キッチンぎりぎりに近づけて止めた。だれかに見られていないか周囲を見回すことも忘れなかった。人の姿はなかった。となりに住んでいる未亡人一家以外に近所に住民はいない。レイはドアと車のあいだを猛然と往復しはじめた。ゴミ袋をトランクルームの中にあっち向きにしたりこっち向きにしたりして投げこんだ。トランクルームのふたが閉まるかどうか怪しかったが、思いきりたたきおろすと、カチャンと音をたてて施錠もされた。レイはホッと胸をなでおろした。

バージニアに着いたら荷物をどう降ろすか、レイには確たる方策はなかった。駐車場から人通りの多いショッピングアーケードを通って自分のアパートまで運ばなければならないのだ。それをどういう方法でやってのけるのか？

〈その心配はあとまわしにしよう〉

レイはそう決めた。

ディープ・ロック・モーテルにはコーヒーショップがついていた。せま苦しくてうす汚れた店だ。レイはいままで一度も行ったことがなかったが、老判事が死んだ次の朝の朝食をとるには最適な場所に思えた。広場にはほかにコーヒーショップが三軒あるが、どの店も偉大な男の死のうわさでもちきりだろう。レイは人の輪から離れたところにいたかった。

フォレストはすっきりした顔をしていた。レイがいままで見てきたフォレストのなかではましな方だ。昨日と同じ服を着てまだシャワーも浴びていなかったが、フォレストとしてはそれがふつうなのだ。目は充血していたが、腫れぼったくはなかった。

「よく眠れたよ。けど腹がへった」

ふたりはベーコンと卵を注文した。

「疲れた顔をしてるじゃないか、兄貴」

フォレストがブラックコーヒーをがぶ飲みしながら言った。もちろんレイは疲れていた。

「わたしは大丈夫だ。二時間くらい寝たかな。今日は忙しいからな」

レイはさりげなく窓の外を見て、店の間近に止めたアウディに目をやった。そして、もし必要なら、これからずっと、あの狭い車のなかで寝てもいいと思った。

「ちょっと変なんだよ」

フォレストが話しはじめた。

「〝クリーン〟なときって、おれは子供みたいに八時間か九時間ぐっすり眠るんだ。でも、クリーンじゃないときはそれが五時間くらいですむんだ。しかも浅い眠りでね」

「ちょっと知りたいんだが——クリーンなときって、次に飲むときのことをいつも考えているのかい？」

「ああ、いつもな。セックスと同じように欲望がつのるんだ。しばらくはそれなしでも生きていけるけどね。でも、プレッシャーがだんだんきつくなって、ついには助けを求めることになる。アルコールに、セックスに、ドラッグ。いずれはそこにたどりつくんだ」

「今回はクリーンな日が百四十日つづいていたんだな？」

「百四十二日さ」

「おまえの最高記録は何日なんだ？」

「十四カ月さ。二、三年前リハビリ施設から出たときだ。おやじが費用を払ってくれた中毒患者のためのりっぱな更生施設さ。あのときはあんなに長くクリーンだったのに、ついに負けたよ」

「なぜなんだ？　なんで負けちゃうんだ？」

「いつもと同じさ。中毒患者というものは、ちょっとしたことでまたもとに戻ってしまうんだ。どこかに閉じ込められでもしないかぎり、完治は無理だ。おれははっきり言って中毒患者なんだよ、兄貴。それ以上でも以下でもない」

「ドラッグはまだやっているのか？」

「ああ。昨日の夜はアルコールだけだった。今夜もそうするつもりだ。明日もな。でも週末にはもう少しいやらしいのに手をつけているだろうな」

「やるつもりなのか？」

「いや。そのつもりはなくても、そうなるのは分かっている」

ウエイトレスが食事を運んできた。フォレストは手早くビスケットにバターを塗り、それにかぶりついた。口の中のものを飲みこんでから彼は言った。

「老人は死んじゃったんだよな、レイ。信じられるかい？」

レイは話題を変えたかった。が、ほかの話題といえばフォレストの問題点しかない。そのことばかり話し合っていては、結局、言い合いになるだけだ。

「いや。覚悟はしていたけど、いざとなると、やはりなかなか気持ちがおさまらないね」

「兄貴が老人と最後に会ったのはいつなんだい？」

「おやじが前立腺の手術をした十一月さ。おまえは？」

フォレストはスクランブルエッグにタバスコをかけてから、しばらく考えた。

「老人が心臓発作を起こしたのはいつだったっけ？」

さまざまな病気や手術がくり返されてきたので、そのひとつひとつの時期がなかなか思いだせなかった。

「心臓発作は三回あったけど」

「メンフィスで起こしたやつだよ、兄貴」

「あれは二回目だ。ということは、四年前だな」

「まあ、だいたいそんなころだ。あのとき、おれは老人にしばらく付き添ってやったんだ。おれにはそのぐらいのことしかできないからな」

「どんな話をしたんだい？」

「いつもどおり南北戦争の話さ。南軍が勝てたはずだって老人はまだ信じているんだ」

その話にふたりは思わず顔をほころばせた。それからしばらく黙って口だけを動かした。沈黙は、ハリー・レックスがふたりを見つけたときに破られた。ハリーはふたりのテーブルにやってくると、勝手にビスケットをつまみながら、アトリー判事のために計画している厳粛なセレモニーの詳細を話した。

「みんながおまえさんたちの家に行きたがっているぞ」

ハリーの声には悲しみがこもっていた。

「あそこは立ち入り禁止にします」

レイはきっぱり言った。

「わしからもみんなにそう伝えたんだ。でも、今夜ならどうだ、おまえさんたちふたりで家に客を迎えるというのは？」

「だめだね」

そう言ったのはフォレストだった。レイも言った。

「そこまでやる必要はないでしょ？」

「本来なら自宅で、それがだめなら葬儀屋で弔問客を迎えるのがふつうなんだが、やらなかったからといって、どうということはない。近所からのけ者扱いされることもないだろう」

「裁判所で通夜をやるし、そのあと葬儀もやるんだから、それでじゅうぶんじゃないですか」

「わしもそう思うんだが」

「葬儀屋にひと晩中しばられて、おれの悪口を二十年間も言いつづけているババアたちと抱き合うなんて、おれはごめんだね」

フォレストが息巻いた。

「兄貴がやりたいなら、やったらいいよ。おれは出席しないぜ」

「それはパスすることにしている」

レイが言うと、フォレストがにやりと笑った。

「執行人らしくていいぞ、兄貴」

「執行人だって?」

ハリー・レックスが解せないといった顔で訊きかえした。

「ええ、そうなんです。父の土曜日付の遺言状が机の上に置いてあったんです。自筆で一ページの簡単なやつです。わたしを執行人に指名して、遺産のすべてを兄弟ふたりで分けるように指示してありました。それから、あんたを検証人に指名してあります」

ハリー・レックスはムシャムシャやっていた口を止めた。それから、その太い指で小鼻をつまみ、店のなかを見回した。

「それは変だな」

ハリー・レックスは腑に落ちない様子だった。

「なにがですか?」

「ついひと月前にわしは判事に頼まれて長い遺言状をつくってやったんだが」

三人とも食べる手を止めた。レイとフォレストは顔を見合わせた。が、伝え合うものはなにもなかった。なぜなら、第三者、つまりハリー・レックスがなにを考えているのか見当もつかなかったからだ。

「ということは、判事は意思を変えたわけか」

ハリー・レックスが言った。

「では、その遺言状にはどんなことが書かれていたんですか?」

レイが訊いた。

「それはおまえさんにも言えないな。判事はわしのクライアントだったからね。秘密は厳守しなきゃ」

「話が分からなくなった」

フォレストが言った。

「おれは弁護士じゃないからな」

「最後に書かれた遺言状がすべてで、それ以前に書かれたものは無効になる」

ハリー・レックスが言った。

「したがって、わしが頼まれて書いた遺言状はこのさい関係がないと思っていい」

「だったら、前の遺言状になにが書かれていたか話したっていいじゃないか」

フォレストの言葉づかいはいつも乱暴だ。

「弁護士としては、クライアントの遺言状の内容をぺらぺら話すわけにはいかんのだよ」

「でも、あんたが用意した遺言状はもう無効なんだろ?」

「そのとおり。でもやはり内容を明かすわけにはいかないな」

「ごりっぱなこった」

フォレストはそう言ってハリーをにらみつけた。三人はため息をついてから、それぞれが手にした食べ物にかぶりついた。

レイは本能的に理解した。前の遺書の内容をぜひ見なくてはと。それも一刻も早く。もしその遺書に秘密の現金のことが書かれていたら、ハリー・レックスがその存在を知っていることになる。だとしたら、アウディのトランクルームに詰めこんだ札束を急いで〝ブレーク＆サン〟の箱に入れなおし、さらに、それを元あった場所に戻しておかなければならない。そして現金は遺産のなかにふくまれることになる。それが公共の記録でなくてはならない。

「じゃ、その遺言状のコピーはあんたのオフィスにあるのかい？」

フォレストがハリー・レックスに向きなおって言った。

「いいや、ない」

「それは確かなのかい？」

「理屈から言って確かだね」

ハリー・レックスが説明した。

「新しい遺書をつくるさいは、古い遺書を物理的に消滅させてしまうのが常識だ。古い遺書をだれかが目にして、そっちを検証するとやっかいなことになるからだ。毎年遺言状を書きかえる人がいるからね。そんなとき、わしらは弁護士としての職務上、古いものを燃やすことにしているんだ。判事は遺産相続争いを三十年も裁いてきた経験から痛感していたんだろう。無効になった遺書は破棄せねばならないというのが持論だった」

父親の死にまつわるなにかを知っているくせに、それを明かそうとしない友人の姿勢に三人の会話はしらけた。レイは弟が出かけるのを待つことにした。ふたりきりになったところでハリー・レックスを攻めるつもりだった。

「葬儀屋が待ってるぞ」

レイは弟に言った。フォレストが答えた。

「兄貴は楽しんでいるみたいに見えるぞ」

カシ材でつくられたみごとな棺が、むらさき色のベルベットで包まれた葬儀用の寝台にのせられて裁判所の東ウイングに運ばれつつあった。寝台を先導しているのは葬儀屋のマガーゲルで、助手が寝台を押していた。棺のうしろにはレイとフォレストがつづき、そのあとに、きちんとプレスされたカーキ色のユニホームを着たボーイスカウトの少年が国旗を手にしてつづいた。

国家に奉仕して死んだルーベン・V・アトリーであるから、当然その棺は星条旗でおおわれていた。同じ理由で、アトリー判事、つまり元アトリー中尉の遺体が裁判所の天窓広間の中央に安置されたとき、州兵本部から派遣された予備役の代表たちが「気をつけ！」の姿勢をとった。ハリー・レックスは黒いフォーマルスーツでめかし、献花の長い列の前に立って棺を迎えた。

郡内の弁護士たちがひとり残らず出席していた。彼らはハリー・レックスの提案にしたがい棺近くの一ヵ所を仕切り、そのなかで一団をつくっていた。郡や市の役人たち、裁判所の職員、警察官、保安官とその助手たち、そのほとんど全員が出席していた。そして、ハリー・レックスが式をはじめるために前へ歩み出ると、群衆もそのあとにつづいた。裁判所の二階や三階の廊下を占拠した会場に入りきれない弔問客たちは手すりによりかかって、下でおこなわれる儀式を見つめていた。

レイは、何時間か前に街で一軒しかない紳士服店ポープの店で買った真新しいネイビースーツを着ていた。店でいちばん高いスーツで三百十ドルが定価だったが、むしろ高すぎるこの値段から店主のポープが恩着せがましく十パーセント引いてくれた。フォレストのスーツはダークグレーで、割引前の値段が二百八十ドルだった。この費用もレイが払った。もう二十年もスーツなど着たことのないフォレストは、葬儀にもふだんの格好で出るのだと言い張っていたが、ハリー・レックスにまくし立てられて、しぶしぶポープの店に出向いたのが実情だった。

ふたりの息子は棺の一方の端に立った。もう一方の端にはハリー・レックスが立ち、年齢不詳の法廷清掃職員、ビリー・ブーンがアトリー判事のポートレートをうやうやしい手つきで棺の中央に置いた。十年ほど前、地元の画家が奉仕で描いた肖像画だ。それを判事が気に入っていないのはだれでも知っている。判事はそれを人目につきにくい場所、つまり、法廷の奥の自室のドアの陰に吊るしていた。

式のプログラムには〝惜別、ルーベン・アトリー判事〟と印刷されていた。レイは群衆の前でキョロキョロしたくないので、プログラムの内容を読むのに意識を集中させた。群衆の視線は当然彼とフォレストの上に注がれていた。

パーマー牧師が自分の弁舌に酔うような長々とした祈りをささげた。明日葬儀なのだから今日の式は簡潔でいいとレイは主張していたのだが、どうやらそうはいかない雰囲気だった。旗を手にしたボーイスカウトの少年たちが会衆を先導した。そのあとでホーリー・ゴースト教会のシスター・オレダが前に進み出ると、『河に集いて』を悲しげに歌いはじめた。伴奏無用の美しいアカペラだった。その歌詞とメロディーに涙を誘われる者も大勢いた。うつむいて兄の横に立つフォレストもそのひとりだった。

棺の横に立ち、天窓に響くシスター・オレダの声量あるアカペラを聞いているうちに、レイははじめて父親の死の重みを感じはじめた。父といっしょにできたはずのことをあれこれ考えずにはいられなかった。子供の時代にはできなくても、大人になってからできたことはたくさんあったはずだ。なのに、彼は自分の道へ進み、老判事も頑固に自分の道を貫いた。それがふたりの性格に向いていたことは事実である。

老人が死んでしまってから、ああすればよかった、こうすればよかったと後悔するのはフェアではない。レイはそう自分に言いつづけた。だれかの死にさいして、もっとなにかやっておけばよかった、と思うのはごく自然の人情である。しかし、アトリー父子の真実はちょっと悲しかった。なぜなら、レイがクラントンを出ていったあと、老判事はずっと息子を恨みつづけていたからだ。さらに悲しいのは、地位を追われたあとの判事は、ほとんど世捨て人になってしまっていたことだ。

ちょっと弱気になりながらもレイは胸を張った。父親の望む道を歩まなかったからといって、自分をいじめる必要はないはずだ、と。

自ら簡潔にすると約束していた式をハリー・レックスが開始した。

「今日わたしたちは古きよき友に別れを告げるためにここに集いました」

ハリーはつづけた。

「この日が来るのをだれもが知っていました。それでいながら、みんなはこの日が来ないことを祈っていました」

ハリーはそれから、判事の業績のハイライトを語り、そのあとで、三十年まえ学校を出たての彼自身がこの偉大な判事のまえに最初に出たときのエピソードを語った。そのとき彼は、和解して当然の協議離婚のケースを扱っていたのだが、どうしたわけかアトリー判事がとりしきる裁判に負けてしまった。もう何百回となく聞かされているドジ話だが、集まった弁護士たちはオチのところを心得ていて、この日もお義理笑いをくりかえした。レイは一カ所に集まっている弁護士たちの一団に目をやって思った。こんな小さな街にどうしてあんなたくさんの弁護士がいるんだろう、と。

弁護士たちのおよそ半数はレイもよく知っている顔だ。レイが子供のとき知っていた年配の弁護士たちは、もうすでに他界したか引退したかしていた。若い弁護士たちは、レイが見たことのない顔ばかりだ。だが、弁護士たちのほうは、もちろん全員がレイのことを知っている。彼はアトリー判事の息子なのだから。

レイはすこしずつ現実を理解しはじめていた。たとえ葬式が終わったあとすぐクラントンから逃げだしても、それは一時的なことで、やがていやでも戻ってこなければならない現実を。遺産相続の目録をつくり、ハリー・レックスといっしょに法廷に出席して検証作業をはじめなければならないのだ。そのほかにも、執行人としての義務が半ダースほど残っている。が、これらはいずれも形式的な手続きですむから、数日費やせば終わるだろう。問題なのは現金の件だ。その謎解きに何週間も何カ月も翻弄される自分の姿がレイの頭をよぎっては、また戻ってくる。

あそこにいる弁護士のだれかがこの件のなにかを知っているのだろうか？　現金の出所は裁判にまつわるなにかの裏取引なのか？　しかし、老判事は闇の世界とは無縁の人物だった。

弁護士たちを見てレイは首をかしげざるをえなかった。彼が車のトランクルームにしまいこんだあれほどの現金を捻出《ねんしゅつ》できるリッチマンが思い浮かばないからだ。いずれも小さな街でチョボチョボ生きる田舎弁護士たちだ。となり近所の男たちとどんぐりの背比べをしながら月々の支払いに追われているあの男たちに資金と呼べるようなカネはない。街一番のサリバン法律事務所には銀行や保険会社を担当する八、九人の弁護士が所属しているが、彼らとてカントリークラブで医者たちとゴルフを楽しむのにぎりぎりの収入しか得ていない。郡中を見まわしても多額の現金をもっていそうな弁護士はひとりもいない。

弁護士の一団のなかに度の強いメガネをかけ、すぐそれと分かるカツラをかぶった男がひとりいた。アーブ・チェンバレン。彼なら先祖から受け継いだ数千エーカーの土地を所有している。しかし、買い手がつかなくて土地がなかなか売れないのだという。しかも最近の彼には悪いうわさがつきまとっている。チュニカにできた新しいカジノに入り浸っているらしい。

ハリー・レックスの演説がつづいているあいだ、レイは弁護士たちを観察した。

〈あのなかに秘密を知っている人間がいるはずだ〉

現金のことを知っている誰かが。そいつはしがない駆け出しの弁護士かもしれないし、フォード郡弁護士協会で重要な地位にある人物かもしれない。

ハリー・レックスの声が裏返ったところで演説は終わった。彼は会衆に感謝の言葉を述べ、判事が午後十時までこの場に安置されるむねを告げた。それから前方の人たちに、レイとフォレストが立っているところに進むよう促した。指示にしたがって会衆はゾロゾロと前に動きだした。やがて出口までつづく蛇のような行列ができた。

一時間ほどレイはつくり笑いを浮かべ、弔問客のひとりひとりに握手をしつつ感謝の言葉を述べた。そのあいだ父親についてのほほえましい話もたくさん聞かされた。なつかしそうに話しかけてくる相手の名前を知っているふりをつづけるのも大変だった。会ったこともない老婦人たちと抱擁をくり返すのもうんざりだった。レイとフォレストの前を通りすぎる行列は、棺の前で止まっては、ひとりひとりが下手な老判事の肖像画を悲しそうに見あげる。行列はそれから、記帳の待つウエストウイングへと向かう。その群衆のあいだをまるで政治家のように動きまわるハリー・レックス。

式が続行していたある時点でフォレストがいなくなってしまった。彼はハリー・レックスに向かって、もうあきたからメンフィスに帰るだの、わけの分からないことをぶつぶつ言っていた。

ハリー・レックスがレイの耳元でささやいた。

「行列が裁判所をぐるっと取り巻いているぞ。今夜徹夜でつき合わされるかもしれないな」

「わたしをここから出してくれ」

レイが小声で言い返した。ハリーはわざとまわりの人間に聞こえるような声で言った。

「トイレに行きたいんだな?」

「そうなんです」

レイは答えよりも早くその場から離れていた。ふたりは重要なことでも話すかのようにひそひそと言葉をかわしながら、後ずさりして横の廊下にすべりこんだ。

まもなく、裁判所の裏手に、非常口から抜け出すふたりの姿があった。

ふたりはレイの車に乗り、広場をひとまわりして状況を観察してから裁判所をあとにした。

裁判所のポールには半旗が掲げられ、判事に敬意を表したい住民たちの長い行列ががまん強く自分たちの番を待っていた。

第十章

クラントンに二十四時間いただけで、もううんざりだった。レイは帰りたくてたまらなかった。通夜のあと、ハリー・レックスといっしょに広場の南側にある黒人客の多いレストラン《クローズ》で夕食をとった。レストランの月曜スペシャルはチキンバーベキューとベイクドビーンズだった。両方とも目の玉が飛び出るほどからかったから、アイスティーが半ガロンもサービスされた。食事のあいだじゅう自分がしきった通夜の成功を自画自賛していたハリー・

レックスは、食事が終わると、その後の式の様子を見るのだと言ってすぐにでも裁判所に戻りたがった。

フォレストが街を出たのは確かだった。いまごろはメンフィスのエリーのもとでおとなしくしていてくれれば、とレイはねがうものの、あきらめが先に立っていた。

〈弟は死ぬまでにあと何回禁断症状に陥るのだろう〉

ハリーが言っていた、フォレストが明日葬式に顔を出すチャンスは五分五分だろうと。

レイはひとりになると、車を飛ばしてクラントンの街を出た。なんの目的もなく西に向かった。百二十キロほど行ったところの川沿いに新しいカジノ地帯がある。ミシシッピー州に帰省するたびにレイは州の新しい産業、カジノのことを耳にする。合法化されたギャンブルがこの州にも深く静かに浸透してきている。しかし、その投資効率はいぜんとして米国内で最低だ。

クラントンから一時間半行ったところのガスステーションで車を止め、自分でガソリンを入れながら道の向こうに目をやると、新しいモーテルがたくさんできていた。最近まで綿畑だったあたり一帯に変化が起きている。新しい道路に、新しいモーテル、ファストフードのレストラン、ガスステーション、広告用の大きな立て看板。すべては二キロ先のカジノからあふれ出してきたものだ。

二階建てのそのモーテルはどの部屋のドアも駐車場に面していた。レイは一泊三十九ドル九十九セントで一階の裏手にあるツインベッドの部屋を借りた。その夜は客の入りが悪いらしく、前の駐車場にはトラックも乗用車も止まっていなかった。レイはアウディをできるだけ部屋の近くに止め、またたく間に三個の袋を部屋のなかに運びこんだ。

片方のベッドが札束で占領された。レイは札束に見とれたりはしなかった。汚れたカネだと信じて疑わなかったからだ。きっとすべての札のどこかにしるしがついているか、もしかしたら全部偽札かもしれない。どちらにしろ彼がひとりでせしめてよいものではない。

すべてが百ドル札で、一度も使われていない新券もあれば、すこし折り目のついたものもある。しかし古いものはない。どれもが一九八六年から一九九四年のあいだに発行されたものだ。

現金のおよそ半分は二千ドルずつで束ねられ、おのおのの束には帯がかけられていた。レイは最初に二千ドルの束の数をかぞえた。百ドル札で十万ドル分重ねると約四十センチの厚さになる。レイは片方のベッドから現金をとりあげ、かぞえ終えると、それをもう一方のベッドの上にきちんと並べていった。

彼は作業に没頭した。時間のことなどもう気にならなくなっていた。札束に触れるときは親指と人さし指のあいだにはさんで表面をこすり、あるいは鼻を押しつけてにおいを嗅ぎ、偽札でないことを確認した。どれも本物のようだった。

札束の山は三十一ブロックと、余ったものが少々。正確にかぞえると、三百十一万八千ドルあった。まさに崩れかかった家から掘り起こした宝物である。しかも、その家の主は生涯にその半分の収入も得ていなかったのだから、奇々怪々というしかなかった。

目の前に山と積まれた財宝をめでないわけにいかなかった。三百万ドルもの大金を拝む機会なんて、これから一生のあいだに何度あるだろう？　そんな機会に恵まれる男が何人いるというのだ！　レイはほおづえをついて現金の列を見つめた。このカネはいったいどこから来たのか？　そしてこれからどこへ行くのか？　レイは狂おしくてめまいがしてきた。

車のドアを開け閉めする音が外から聞こえてきた。レイはハッとして我に返った。モーテルぐらい強盗に押し入られやすい場所はない。三百万ドルもの現金をもってうろうろしていたら、出会うだれでもが潜在的な強盗になりうる。

レイは大急ぎで現金の束を三つの袋に戻し、袋をもう一度車のトランクに詰めると、ハンドルをにぎり、まっすぐカジノへ向かった。

レイがギャンブルに手を出したのは、ある週末に同僚教授ふたりとアトランティックシティーへ食事に出かけたときの一回きりだった。ふたりの同僚教授はギャンブルの勝ち方の本を熟読していて自信たっぷりだった。しかし、いざやってみると三人とも勝てなかった。トランプなどめったにやったことのないレイは五ドルのブラックジャックテーブルで運を賭けてみることにした。喧騒のなかのみじめな二日間で六十ドルもすってしまった彼は、賭博場などにもう来るものかと誓ったものである。同僚教授たちの損失額はついに明かされなかったが、レイはそのときに教訓を得た。ギャンブル好きの勝ち話はほとんどがうそっぱちだと。

フットボール競技場ほどに広大な急造賭博場《サンタフェ・クラブ》は、月曜日にしてはけっこうな人の入りだった。付随している十階建てのビルは、ギャンブル客たちの宿泊施設として使われている。ほとんどが北部に住む引退した年寄りで、ミシシッピーに来ようなんて夢にも思っていないくせに、飲みほうだいのジンや無数にあるスロットマシンにおびき寄せられてきた連中だ。

レイのポケットには百ドル札が五枚入っていた。モーテルでかぞえた札束のあちこちから抜き取ったものだ。彼は、ディーラーが半分居眠りしている客のいないブラックジャックテーブルに歩みよると、最初の一枚をテーブルに置いた。

「プレー」

「百ドル賭けちゃうんですか?」

ほかの客がいないから、女性ディーラーは、だれに聞かれる心配もなく気軽な口調で言った。

彼女は札をとりあげ、めずらしそうに表面をさすってから、それをプレーの場所に置いた。

それを見てレイは、やはり本物なんだと知ってすこし安心した。なにしろ彼女は札の扱いにかけては専門家なのだ。ディーラーは真新しいカードをシャッフルしてから、一枚ずつ配り、自分はあっというまに24を越えてしまった。これでアトリー判事の宝の一枚がブラックチップ二枚に替わった。レイは両方とも使った。二百ドルの儲けである。ボロい。ディーラーは手早くカードを配った。持ち札の計が15の彼女が9を引いてしまった。これでレイのブラックチップは四枚に増えた。一分もしないうちに三百ドルも儲けたわけである。

四枚のブラックチップをポケットのなかでチャラチャラ鳴らしながら、レイはカジノのなかをぶらついた。最初は、おとなしい老人たちが群がっているスロットマシンのところに行ってみた。スロットの前に座りこんだ客たちは、まるで考える人間であることをやめたように、スクリーンを見つめては、がっかりした顔をして、アームを何度も何度もあげたりさげたりしていた。

サイコロ賭博のテーブルでは充血した目がサイコロを追っていた。見るからに貧農のグループがいまにもぶち切れそうな声でディーラーに注文をつけていたが、レイにはなんのことかさっぱり分からなかった。彼はその場の盛りあがりに魅せられて、サイコロの行方と、手から手に所有者を替えるチップの動きにしばしくぎ付けになった。

別のブラックジャックのテーブルでレイは二枚目の百ドル札を投げ入れた。今度はさっきよりだいぶ場慣れした感じでふるまえた。ディーラーは百ドル札を顔に近づけ、それを照明に向かってかざしながらこすった。さらには、それを近くにいた上役のところにもっていった。上役は即座に疑わしそうな顔をした。彼は拡大鏡をとりだし、それを左の目にはめ、まるで外科医のようなしぐさで札を調べはじめた。レイが人込みにまぎれて逃げだそうとしたそのとき、ディーラーか上役かどちらかの声が聞こえた。

「大丈夫、本物だ」

レイはあわてて逃げ口を探していたときなので、どっちが言ったのか判断がつかなかった。ディーラーがテーブルに戻ってきて疑惑の札をレイの前に置いた。レイは迷わずに言った。

「やってくれ」

あっというまに、ハートのクイーンとスペードのキングがレイを見つめていた。レイは三回つづけて勝ったわけである。

ディーラーが目を大きく開けて見ていたし、そのうえに上役がていねいに調べたのだから、札は本物と見てよさそうだった。レイはこのさい案件を一気に解決することにした。ポケットから残りの三枚をとりだすと、それをテーブルの上に置いた。ディーラーはその一枚一枚をていねいに調べてから、肩をすぼめて言った。

「こまかくしたいんですか？」

「いや、プレーするんだ」

「三百ドル全部を賭けるんですか？」

ディーラーがびっくりした声をあげると、ピットの上役が肩越しにこちらをふり向いた。

レイは10と6で、ディーラーは10と4だった。ディーラーが次のカードを裏返すと、ダイヤのジャックが出た。レイの勝ちである。現金が消え、六枚のブラックチップに替わった。これでレイの手元にブラックチップが十枚たまった。つまり千ドル稼いだことになる。それだけではない。車のトランクに詰めた三万枚の百ドル札が本物だと判明したわけである。レイはブラックチップを一枚、チップ代わりにテーブルに置き、ビールを飲みに席を離れた。

スポーツバーは一段高いフロアの上にあった。カジノのアクション全体が見渡せるよう工夫してあるわけだ。もっとも、そこにいて、一ダースもあるテレビ画面でプロ野球や自動車レースやボウリングの試合を楽しむこともできる。ただし、それに賭けるのは禁止されている。

カジノを利用した危険をレイはじゅうぶん承知していた。札が本物であることが分かった今、次なる疑問は、札になにかのしるしがついているかどうかだ。ふたり目のディーラーとその上役のあの怪しみ方からして、札が上の事務所にもっていかれ専門家の手でさらにくわしく調べられていることはじゅうぶんに考えられる。おそらくレイは会場に備えつけられたビデオカメラで追跡されているのだろう。それはほぼ間違いない。カジノの監視体制は完璧なのだ。

もし札になにかのしるしがついていたら、レイは簡単に捕捉されてしまう。

しかし、札が偽物か本物か調べるのに、ほかにどんな手段があるというのだ？　クラントンのファースト・ナショナル銀行にふらっと入って窓口の行員に札を数枚渡し、「これが本物か偽物かちょっと見てくれますか、デンプシー夫人？」などと言ったらどうなる？　クラントンの街に偽札を見たことのある行員などいないだろうし、そんなことをしたら、ランチタイムになる前に街中の人間が、アトリーの息子が怪しい札をたくさん持ってうろうろしているとうわさしているだろう。

調べるのはバージニアに戻ってから、とも思った。親しくしている顧問弁護士に頼めば、札の真贋を調べるエキスパートを見つけてくれるだろう。だが、レイは待ちきれなかった。もし札が偽物なら、全部燃やしてしまえばいい。しかし、本物だった場合の方策はまだ決まっていない。

レイはビールをゆっくり飲んだ。上の階の事務所の連中にこのさいよく調べさせたほうがいい。なにかあったら、強そうな男のふたり組が迎えにくるだろう。「ちょっと来てくれるかな?」などと言って。しかし、もししるしがあっても、そのいわく因縁を調べるのにかなり時間がかかることをレイは知っている。場合によっては一日二日ではすむまい。

たとえしるしのついた札を所持していた件で捕まったとして、どんな罪に問われるというのだ。亡き父親の家からもってきたものじゃないか。その家も、家財道具いっさいがっさいとともに彼と弟が相続することになっている。しかも彼はその執行人に指名されていて、やがて正式にその義務を遂行しなければならないのだ。残された財産をしっかり管理するのも彼の義務のひとつである。財産の詳細を法廷や税務当局に報告するのはまだ何カ月も先でいい。もし老判事がこの多額の現金を違法な手段で貯めたとしても、申しわけないが、当人が死んでしまっているのだ。レイは法律に反するようなことは何もしていない。すくなくとも現時点では。

レイは儲《もう》けたチップをかかえて最初のブラックジャックテーブルに戻った。そこで、ええい、面倒だと、いきなり五百ドル分賭けた。ディーラーは上役に合図を送り、意向を確かめた。上役は、ブラックジャック一回の勝負で五百ドル賭ける客などざらにいますと言わんばかりに、両手のこぶしを口にもっていき、片手の人さし指で耳をたたいた。やっていいという合図だ。レイはエースとキングを当てた。ディーラーは七百五十ドル分のチップをレイに戻した。

「なにかお飲みになりますか？」

ピットの上役がお義理笑いした。

「ベックのビール」

レイが言うと、どこからともなくカクテルウエイトレスが現われた。次のゲームでレイは百ドル賭けて、今度は負けた。しかし、その次の一手で三百ドル賭けて勝った。つづく十回の賭けで八回勝った。その間、レイは、まるで読みなれたギャンブラーのように、百ドルから五百ドルまで賭け金を自在に変えてプレーをつづけた。上役はディーラーのうしろを離れようとしなかった。ふたりはレイをプロの賭博場荒らしとにらんだ。だとしたら、監視して彼の手さばきをビデオにおさめ、ほかのカジノにも知らせる義務がある。

真相を知ったら、ふたりとも腰を抜かしていただろう。

やがて負けがこんで二百ドルすったところで、業を煮やしたレイは、十枚のチップをまとめて前に出し、気前よく千ドル賭けた。トランクには三百万ドルもあるのだ。千ドルなどヒヨッコのえさでしかない。二枚のクイーンが彼のチップの横に置かれたとき、レイは、こんな勝ち方は日常茶飯事だわいとばかりに完全なポーカーフェースを貫いた。

「夕食でもいかがですか？」

上役がたずねた。レイは答えた。

「いや、けっこう」

「では、なにかこちらでご用意するものはありませんか？」

「部屋を用意してくれるかな」

「キングベッドの部屋がよろしいでしょうか、それともスイートにいたしましょうか？」

ここで「スイート」と答えるのはあわて者。レイは自分を失っていなかった。

「適当な部屋でいい」

泊まるつもりはなかった。だが、ビールを二杯飲んでいるから、運転するのは酔いをさましてからでないとまずい。地元の保安官に止められたらどうする？　そして保安官がトランクを調べたらどういうことになる？

「かしこまりました。お客さまのチェックインをわたしが代行しておきます」

上役が言った。

次の一時間、勝ち負けはとんとんだった。カクテルウエイトレスが五分おきにやってきては、彼を酔わして頭をにぶらせようと飲み物を強要していった。しかしレイは最初のビールを少しずつすするだけで、それ以上は注文しなかった。結局ブラックチップは三十九枚に増えていた。

深夜になって、あくびが出はじめた。前の晩ほとんど寝ていないことをレイは思いだした。部屋のキーはポケットのなかに入っている。このテーブルの一回の賭け金の上限は千ドルだ。

その制限さえなければ、有り金ぜんぶ賭けて、あとは会場中の称賛の視線に送られて退場したいところだった。

レイはとりあえずブラックチップを十個サークルのなかに入れた。そのときは別の客がブラックジャックを当てた。レイはもう一回、十個賭けると、今度はディーラーがしくじったため、レイはブラックチップを二個儲けた。いまが潮どきと心得たレイはディーラーへのチップとして四枚残し、残りを集めてキャッシャーのところへもっていった。これだけ勝っても、カジノには結局、三時間しかいなかった。

彼にあてがわれた五階の部屋からは駐車場が見渡せた。自分の車が見えた以上、彼としては見守りつづけるしかなかった。くたくたに疲れていたが、眠れそうになかった。椅子を窓ぎわに引いてきて仮眠をとろうとしたが、頭がさえてぜんぜん眠れなかった。

老判事はカジノが儲かることに気づいたのだろうか？　あのカネは全部ギャンブルで貯めたのだろうか？　勝つコツを見つけて、それでコツコツ貯めたのか？

それは無理だと思えば思うほど、ひょっとしたらそれがカネの出所ではという気がしてきた。レイが知るかぎり、老判事は株には手を出さなかった。もし株で儲けたのなら、どうしてそれを現金化して本箱の下に隠す必要があろう？　それに、株だったら、注文書だの受け取りだのと関係書類がたくさん残っているはずだ。

万々が一、老判事がワイロを受けとるような裏の顔をもっていたとしても、ミシシッピーの田舎に三百万ドルもせしめられるような大事件などなかったはずだ。だいいち、ワイロを受けとったら大勢の人を巻きこむことになる。

やはりギャンブル以外にない。決済はキャッシュだし、現にレイはひと晩で六千ドルも儲けたではないか。たしかにまぐれ当たりではあったが、正々堂々とした賭けだった。老判事は意外な才能をもっていて、カードやサイコロを使う秘訣を知っていたのでは。もしかしたら、スロットマシンでジャックポットを当てたのかもしれない。ひとり住まいだったから、それをだれかに知らせる機会を逸していたのでは？

〈しかし、やはり、そんなことはありえない。七年間で三百万ドルもなんて！〉

カジノで儲けた場合、額が多くても書類は必要ないのだろうか、納税のための申告書とか？ それと、もうひとつ、どうして隠しておいたのだろう？ ほかの収入同様、どうして寄付に使わなかったのか？

三時ちょっとすぎにレイは考えるのをやめ、仮住まいから外に出た。そして日が昇るまで車のなかで眠った。

第十一章

玄関のドアがすこしだけ開いていた。朝の八時のだれも住んでいない家にしては不吉な前兆だ。レイはこのまま入っていいものかどうか思案しながら、しばらくドアを見つめていた。が、結局、入るしか選択肢はなかった。泥棒がまだそこにいたらと、レイはこぶしを握りしめ、ドアを強く押した。そして息を殺して身構えた。ドアは大きな音をたてていっぱいに開いた。明るい玄関広間に積まれたカラ箱とともに、床の上に転々と残る泥のついた足あとがレイの目にとびこんできた。賊は泥っぽい裏庭から侵入し、どういう理由からか、帰るときは表玄関から出ていった。

レイはそっとピストルをとりだした。

二十七個の箱が書斎のあちこちに散らばっていた。ソファはひっくり返され、本棚の下のキャビネットのドアはすべて開けっ放しになっていた。ロールトップは荒らされていなかったが、机の上の書類はすべて床に投げ捨てられていた。

侵入者は箱をとりだし、開けてみたら中がからっぽなのを知って激怒したのだろう。箱は踏んづけられたり投げ捨てられたりしていた。荒らされたあとの光景が静かなだけ、暴力のすさまじさを感じてレイは身がすくんだ。

〈この現金にかかわっていると、命を落とすかもしれない〉

体が動くようになると、レイはソファをもとに戻し、床に散らばった書類をひろった。

箱を集めていたときだった。玄関のほうから物音が聞こえた。窓からのぞいてみると、ひとりの老女がドアをたたいていた。

クローディア・ゲーツほど老判事のことを知っている人間はいない。彼女は、あるときは判事の法廷書記であり、あるときは秘書であり、運転手であり、ありとあらゆる種類の助手であった。ちまたでささやかれるふたりの怪しい関係についてレイは子供のときから耳にしていた。およそ三十年のあいだ彼女と判事は六つの郡を股にかけて公務に励んでいた。朝七時にクラントンを出て、夜遅く帰ってくることもあった。法廷に出ていないときのふたりは、裁判所内の判事のオフィスで、彼女はタイプに、判事は書類書きに精を出している姿がよく見られた。

ターレーという名の弁護士が一度、昼食時に判事の部屋でふたりのただならぬ格好を目撃してしまったことがある。それを他言したのはターレーにとって生涯の過ちになった。それからの一年間、彼はあらゆる訴訟に負け、ついには頼みにくるクライアントがひとりもいなくなった。それればかりではない。アトリー判事は四年もかけて彼の資格を剝奪《はくだつ》してしまったのだ。

「ハロー、レイ」

網戸越しに老女があいさつした。

「入っていい?」

「ああ、もちろん」

そう言ってレイはドアを大きく開けた。

レイとクローディアはお互いを嫌いあっていた。レイには、自分と弟が受けるべき父親の愛をクローディアに横取りされているとの思いがつねにあった。クローディアのほうはレイを脅威とみなしていた。アトリー判事にかかわることならどんな人間も彼女にとっては脅威だった。

彼女は友達のいない女だった。まして、彼女を好く人間などいるはずもなかった。クローディアは礼儀知らずで冷たかった。そんな彼女の性格は、法廷での冷ややかなやり取りを聞いて人生をすごしてきたところから来ていた。おまけに彼女は傲慢だった。というのも、偉大な男と密談をかわす仲だったからだ。

「アイム　ヴェリー　ソーリー」

彼女にそう言われてレイは即答した。

「わたしだって同じさ」

書斎の前を通りすぎようとしたとき、レイはドアを閉めて言った。

「ここには入らないで」

クローディアは賊の足跡に気づかなかった。

「わたしを乱暴に扱わないでね、レイ」

彼女に言われてレイは訊きかえした。

「それはどういうこと？」

ふたりはキッチンに入った。レイはコーヒーを沸かし、クローディアと向かいあってテーブルについた。

「タバコ吸っていいかしら？」

彼女が訊いた。

「かまわないけど」

レイは口のなかで言いなおした。

〈のどがつぶれるほど勝手に吸いやがれ、ババア〉

そういえば、父親の黒いスーツはいつも彼女の吸うタバコのにおいに染まっていたっけ。老判事は車のなかでもオフィスでも彼女にタバコを吸うのを許していた。おそらくベッドの上でも許していたのだろう。ただし、法廷のなかだけは例外だった。

耳ざわりな呼吸、低い声、目のまわりにできた無数のしわ。ああ、この女の顔にタバコの喜びのなんとよく表われていること!

彼女はちょっと前からしくしく泣いていた。クローディアらしからぬ光景だった。昔レイは、夏休みに父親の手伝いをしていたとき、はらわたを締めつけられるような幼児虐待の裁判に同席する不幸を味わわされたことがあった。証言があまりにも悲惨で悲しかったので、判事や弁護士をふくむ法廷内のだれもが涙を流していた。そんななかで目が乾いたままの人間がひとりだけいた。無表情をつづける老クローディア、その人だった。

「彼が死んだなんて信じられない」

彼女はそう言ったかと思うと、タバコの煙を天井に向かって吹かした。

「もう五年も前から病んでいたんだよ、クローディア。べつに驚くにはあたらないね」

「それでもやはり悲しいわ」

「とても悲しいけど、おやじはずっと苦しんでいたんだ。死はむしろ救いだったんじゃないかな」

「わたしが来たいと言っても会ってくれなかったのよ、あの人ったら」

「すぎたことを蒸し返すのはよそう」

うわさのどちら側を信じるかにもよるが、この〝すぎたこと〟がクラントンの街を二十年間も騒がせてきたのである。レイの母親が死んでから二、三年後にクローディアが離婚した。その理由はいまだに分からずじまいである。街の一方では、彼女が離婚したら結婚すると判事がクローディアに約束していたからだとうわさしていた。また別の一方では、アトリー家ともあろう名門の判事がクローディアのような下層階級の女と結婚するはずがないと信じられていた。すなわち、彼女が離婚したのは夫に浮気がバレたからだというのだ。

ふたりはお互いに結婚している立場を利用しながら事実上の同棲生活をつづけていた。そのあいだ、彼女は常に判事に結婚を迫り、判事はそれをのらりくらりと先延ばしにしていたのだ。彼としては、ほしいものを得ていたのだから、いまさら急いで結婚する理由はなかったわけである。

あるとき、クローディアは待ちきれなくなって判事に最後通《つう》牒《ちょう》をつきつけた。稚《ち》拙《せつ》な手《て》管《くだ》だった。最後通牒をつきつけられてもルーベン・アトリーは揺るがなかった。

彼が失脚する前の年にクローディアは自分よりも十歳も年下の男と浮気をしだした。それを知った判事は彼女をすぐクビにした。そのときの街のうわさといったらなかった。いろいろあって数年がたち、彼女の若い伴侶が急死した。彼女は孤独になったが、判事もまた同様に孤独だった。だが、クローディアの裏切りに傷ついていた判事はけっして彼女を許そうとしなかった。

「フォレストはどこにいるの？」

彼女が訊いた。

「もうすぐここに来るはずだけど」

「彼はいまどうしてるの？」

「フォレストはフォレストさ」

「わたし帰ったほうがいいのかしら？」

「どうぞお好きなように」

「じゃあ、あなたと話していようっと。わたし、いま、とにかくだれかと話していたいの」

「友達はいないのかい？」

「いないわ。ルーベンがわたしのただひとりの友達だったんだもの」

父親を〝ルーベン〟と気安く呼ばれてレイはガクッときた。クローディアは、口紅を赤く塗った薄い唇にタバコをはさんだ。いつもは、どぎつい真っ赤な口紅で知られる彼女だが、今日の色は弔意を表してか、くすんだ赤だった。すくなくとも七十歳になっているはずの彼女にはけっこう似合っていた。クローディアは昔のままの痩せた体形を保ち、背すじをピンと伸ばして、体にぴったりのドレスを着ていた。フォード郡にこんな派手な服装を試みる老女はいない。彼女が耳と指につけている大粒のダイヤモンドははたして本物なのかどうか、レイには分からなかった。クローディアは、それだけでなく、派手な純金のペンダントで首を飾り、腕には純金のブレスレットをふたつもはめていた。

クローディアを形容するには〝老いた売女〟という言葉がぴったりだ。彼女はいまでも活火山であるらしい。その点は地域住民の動静にくわしいハリー・レックスに訊けば分かるだろう。

レイはコーヒーを注ぎながら言った。

「なんの話がしたいのかな?」

「ルーベンについてよ」

「おやじはもう死んじゃったんだ。過去を蒸し返すのはごめんだね」

「あなたとわたし、もっと仲よくやれない?」

「それはどうかな。われわれはお互いに嫌いあってきたじゃないか。いまさら、おやじの棺の上で抱きあったりキスしあったりなんかできないさ。そんなことしたらおかしいだろ?」

「わたしはもう老人よ、レイ」

「わたしの方はバージニアに住んでいるんだ。今日葬儀を無事に終えたら、お互い二度と会わないようにしよう。そういうことでどうだい?」

クローディアはまだしくしくやりながら、もう一本タバコに火をつけた。レイのほうは、賊に荒らされた書斎のことが気になって落ち着けなかった。もし、いまフォレストに、足跡やほうり投げられているカラ箱を見られたらどうする。彼に変な言いわけをしなければならなくなる。それよりも、もし、弟がクローディアがいるのを見たら、彼女にとびかかってその首を絞めかねない。

証拠はないものの、老判事は彼女にねだられてかなりの額の特別手当を払っていたものとレイもフォレストも長いこと信じて疑わなかった。彼女が判事に提供するなにかへの汚い取引だと分かっていたから、息子たちにとってはよけいに不快だった。そんなことが積もり積もって恨みになることもあるのだ。

「わたし、なにか思い出になるものがほしいの。それだけよ」

「わたしのことを覚えていたいわけかい?」

「あなたのお父さんの形見のことよ、レイ。わたしは追っ払われても、ここからそう簡単に離れられないわ」

「お金がほしいのかい?」

「いいえ」

「もしかしたら生活に困っているのかい?」

「贅沢はできないけど、そんなことはないわ」

「あんたにあげられるようなものはここには何もないさ」

「遺言状はあったんでしょ?」

「ああ、あったさ。でも、あんたの名前はなかったね」

彼女はまた泣きだした。レイはむかっ腹が立ってきた。二十年前の学生時代、彼がウェイターのアルバイトで日銭を稼ぎ、ピーナツバターで飢えをしのいでいたとき、彼女は老判事にたかって甘い汁を吸っていたではないか。レイとフォレストがポンコツ車を運転していたとき、彼女はいつも新車のキャデラックを走らせていた。彼女がワードローブだの宝石だのを手にしていたとき、兄弟は没落貴族の悲哀を味わわされていたのだ。

「あの人はわたしの面倒を見てくれるって約束したわ」

「だって十年前に仲は終わったんだろ、クローディア。あきらめろよ」

「あきらめろなんてひどいじゃないの。わたしはあの人を愛していたのよ」

「愛じゃなくて、セックスとカネでしょ？　わたしにそこまで言わせないでほしい」

「遺産にはどんなものがあるの？」

「特になにも。おやじはみんな寄付しちゃったから」

「あの人が、なんですって？」

「いま言ったとおりさ。あんたも知っているとおり、おやじは小切手を切るのが趣味だったのさ。あんたが去って以来、おやじのその癖はますますひどくなってね」

「あの人の年金はどうなっているの？」

彼女はもう泣いていなかった。これは完全に商取引なのである。彼女の緑色の目は乾いて充血していた。

「判事職を辞した年に彼は年金を一時払いで引き出してしまったのさ。経済的にはとんだミステークだったけど、わたしの知らないところでやったことだから、どうしようもないね。おやじは半分狂っていたというしかない。そのカネの一部を生活費にまわし、残りを寄付してしまったんだから。どこにかって？　ボーイスカウトや、ガールスカウトや、ライオンズクラブ、南部連合子孫会、歴史的戦場保存委員会、その他もろもろのところにね」

もし父親がインチキ判事だったとしたら、息子としては、そうとは信じたくないのだが、三百万ドルの件をクローディアが知っていてもおかしくない。だが、彼女の様子からして、どうやらなにも知らないようだ。もっともレイは、彼女が知っているのでは、と疑ったことはない。なぜなら、もし知っていたとしたら、現金が書斎に隠し置かれるようなことはなかったはずだ。三百万ドルの件がもし彼女に知れたら、たちまち郡中の人間に知れわたることになる。もしその一部でも彼女の手に渡っていたら、いまの彼女の姿に現われているはずだ。テーブル越しに見える彼女のみじめっぽい様子からして、カネに窮しているのはだれの目にも明らかだ。

「あんたが再婚したふたり目の旦那は金持ちじゃなかったのかね？　わたしはそう思ったけど」

レイはいささか辛辣《しんらつ》すぎる表現で言った。

「わたしもそう思ったのよ」

そう言って彼女はつくり笑いをした。レイがプッと笑いをもらすと、同時にふたりは爆笑した。ふたりのあいだに張り詰めていた氷が溶けて消えた。彼女の愚直なところが妙に笑えるのだ。

「ところが、ぜんぜんなかったわけだ?」

「十セント硬貨のひとつもね。とてもハンサムな人だったわ。わたしより十一歳も若くて。知っているでしょ?――」

「よく知ってるよ。例によってスキャンダルだったからね」

「あの人は五十一歳で、口がうまくて、石油で儲ける方法をひとくさりするのが得意だったわ。わたしたち、バカみたいに四年間も掘削をつづけたんだけど、結局なにも出なかった」

レイは大声で笑った。そのときの彼はたったいま、セックスだのカネだのと言って七十歳の老女を非難したことを忘れていた。

彼女のほうは、もっと話したいことがありそうな雰囲気だった。クローディアならではのおもしろい話が。

「あんたは元気そうだね、クローディア。もうひと花咲かせたらどうだい」

「わたしはもう疲れたわ、レイ。歳をとって力もなくなったし。これから男を鍛えるなんて、どうせ報われないのに決まっているもの」

「それで二番目の旦那になにが起きたんだい?」

「心臓発作で死んじゃったのよ。七千ドルぽっち残してね」

「うちのおやじが残したのは六千ドルさ」

「それだけ？」

彼女は信じられないといった顔で訊きかえした。

「株券もなければ債券も貸付金もなくて、古い屋敷と、銀行に六千ドル残っていただけだった」

クローディアは目を伏せ、首を振り、レイの言葉を額面どおりに信じた。現金のことはまるで知らない様子だった。

「屋敷はどうするつもり？」

「弟は焼きはらって火災保険をもらいたがっているよ」

「アイデアとしては悪くないわね」

「実際のところは、売ることになると思うけど」

ポーチの方から物音が聞こえ、そのあとすぐにドアがノックされた。パーマー牧師が二時間後にはじまる葬儀の打ち合わせにやってきたのだ。

クローディアは車に戻る途中、「さよなら」を言いながらレイに何度も抱きついた。

「あなたにもっとやさしくしてやれなかったことを後悔しているわ」

車のドアを開けてくれたレイの耳元で彼女はそうささやいた。

「さよなら、クローディア。じゃあ教会で会おう」

「あの人はけっしてわたしを許してくれないんだわ、レイ」

「わたしは許すけど」

「本当に？」

「本当さ。もう許したよ。あんたはわたしの友達さ」

「うれしいわ。ありがとう」

クローディアは何度目かの抱擁をくりかえし、ふたたび泣きだした。レイは彼女を車に押しこんだ。車はいつもどおりキャデラックだった。イグニッションのキーをまわす直前に彼女は言った。

「あの人もあなたのことを許したの、レイ？」

「さあ、そうは思えないけど」

「わたしもそうは思わないわ」

「もうどっちでもいいことさ。死者を葬ってやろうじゃないか」

「あの人ったら、ろくでなしの意地悪じいさんになっていたんでしょ？」

クローディアは泣き笑いしながら言った。レイは思わず声を出して笑った。亡き父親の元愛人、七十歳になる老女が、あの偉大なる男を〝ろくでなしの意地悪じじい〟と呼んだのだ。

「そのとおり」

レイは賛成した。

「ろくでなしの意地悪じじいだったかも」

第十二章

カシ材のりっぱな棺に入れられたアトリー判事の遺体は、通路を引かれて、黒衣のパーマー牧師が待つ祭壇の前に安置された。開かれずじまいの棺に多くの弔問客たちは失望していた。たいがいの者たちは、死者を最後にひと目見て悲しみを最大限に深める南部の奇妙な風習に固執していた。

「いや、それはやりません」

棺を開けるかどうか、式がはじまる前に葬儀屋のマガーゲルにたずねられたとき、レイは言下に否定していた。

すべてが整った様子を見て、パーマー牧師はゆっくり両腕を伸ばし、それを下にさげた。会衆はそれを見ていっせいに着席した。

牧師の右手の最前列には家族、つまりふたりの息子たちが着席していた。レイは新調した黒いスーツに身を固め、とてもやつれた表情をしていた。フォレストのほうはジーンズをはき、その上にスエードの黒いジャケットを着て、痛々しいほどしょげていた。ふたりのうしろにはハリー・レックスと棺を担ぐ者たちが、さらにそのうしろの棺からさほど離れていないところには、沈んだ表情の判事たちが顔をそろえていた。

前列の左側はお偉方の席である——政治家に、元知事に、ミシシッピー州最高裁判事がふたり。これほどの権力者たちが一堂に会するのはクラントンの街はじまって以来である。

教会内はぎゅうぎゅう詰めで、ステンドグラスの下の壁ぎわに立たされる者も大勢いた。上部のバルコニーも人でいっぱいだった。ワンフロア下の講堂は会場と拡声器でつながれ、そこにも判事の賛美者たちが大勢詰めかけていた。

大群衆が詰めかけていることにレイはひとつも感激していなかった。フォレストなどはすでに時計にチラチラ目をやっていた。十五分前になってようやく到着した彼は、兄貴からではなく、ハリー・レックスからお目玉をくらっていた。

「新調したスーツが汚れていたんだ」

フォレストはスエードのジャケットを着てきたことの言いわけをした。

じつは、その黒いスエードのジャケットは何年も前にエリーに買ってもらったもので、今日はそれでじゅうぶんよ、とエリーに言われるままにはおってきたのだった。

百三十キロの体重をひっさげてエリーは家を出たがらない。それについてはレイもハリー・レックスも好都合だと思っていた。とりあえずは弟を〝クリーン〟にしてくれているだけでもありがたいのだ。しかし、フォレストの禁断症状がいつはじまるかは神のみぞ知るだ。かぞえきれないほどのいろいろな理由から、レイはとにかくバージニアに戻りたかった。

牧師は祈り、かつ、偉大な男の生涯にたいする賛辞を短い言葉で雄弁に述べた。それから、ニューヨークのコンテストで優勝した青年コーラスグループを紹介した。パーマー牧師の説明によると、グループがコンテストに参加したときの旅費三千ドルはアトリー判事が負担したのだという。コーラスグループはつづけて二曲歌った。レイの知らない歌だったが、みごとなコーラスだった。

レイの指示により、弔辞は短いのを三回と決められていた。最初の弔辞を述べるのは、演壇までとてもたどり着けそうにない老いぼれた老人だった。しかし、いったんそのパワフルな声が会場にとどろくと、会衆はびっくりして顔をあげた。ルーベンと学生時代に同級生だった老人は、おもしろい思い出話をふたつほど披露して退席した。牧師は聖書の一節を読みあげ、故人が天寿をまっとうしたにしろ、愛する者を亡くして悲しむ遺族に向かってなぐさめの言葉を贈った。

二番目の弔辞を述べたのはナキタ・プールという名の黒人青年だった。街の南部の貧困家庭の出であるナキタ青年はクラントンのちょっとした立志伝中の人である。高校のあの化学の先生がいなかったら、ナキタはおそらく中学も卒業できずに犯罪統計の数字をひとつ増やすだけの存在になっていただろう。老判事が少年と出会ったのは法廷でだった。少年の学校での成績が判事の興味をかりたてた。少年は化学と数学に秀でていた。結局、彼は首席で学校を卒業し、願書を出したすべての大学から入学を許された。その間判事はあらゆる種類の推薦状を書き、自分がもつコネをフルに使って青年を助けた。ナキタ青年は最終的にエール大学を選んだ。奨学金は学費をまかなうのにじゅうぶんな額だったが、小づかいにまではまわらなかった。アトリー判事は四年間、青年に手紙を書きつづけ、手紙にはかならず二十五ドルの小切手が同封されていた。

「手紙と小切手をもらっていたのはぼくだけではありませんでした」

青年は静かに聴き入る会衆に向かって語った。

「ぼくと同じような立場の学生が何人も判事から援助を受けていました」

医師になったナキタはこれから二年間ボランティアの医師としてアフリカに赴くことになっていた。

「あの手紙がいまとなっては懐かしいかぎりです」

青年の話に会場中の婦人たちが涙を流していた。

次の弔辞を述べたのは検死官のフォアマンだった。フォアマンはフォード郡内でおこなわれる葬儀のレギュラーメンバーである。老判事は遺言状のなかで彼のマンドリンの弾き語りを所《しょ》望《もう》していた。フォアマンは判事が希望した『汝とともに歩む幸せ』を泣きながらみごとに歌いこなした。

フォレストも耐えきれずに泣きだした。レイはただ棺を見つめ、あの現金の山はどこから来たのだろう、とそのことばかりを考えていた。老人はいったい何をやったというのだ？　そして、自分が死んだあと、カネはいったいどうなると思っていたのだろう？

最後に牧師が短いメッセージを伝え終えると、棺をかつぐ者たちがアトリー判事の遺体を会場の外へはこんでいった。葬儀屋のマガーゲルがレイとフォレストをエスコートして中央通路を通りぬけ、霊柩車のうしろに待機しているリムジンに案内した。会衆はいっせいに散らばり、墓地までの車の行列に参加するために自分たちの車に戻った。

小さな街の例にもれず、クラントンの住民も葬送行進が好きだ。道路は通行止めにされる。車で行列に参加しない者たちは歩道に立ち、悲しそうな顔で霊柩車とそれにつづく車のパレードを見送る。パートタイムの保安官代理もこの日は全員がユニフォームを着て、立ち入り禁止の仕事に精を出す。道路に、歩道に、駐車場に。

霊柩車はパレードを先導して、半旗をかかげる裁判所のまわりを一周した。歩道に並ぶ郡の職員たちが霊柩車に向かって頭をさげれば、広場のまわりの店からは店主たちが出てきて判事の車を見送る。

判事はアトリー家の墓地の、記憶もおぼろな妻のとなりに埋葬された。判事が敬う先祖たちの仲間入りを果たしたわけである。彼がフォード郡の土に戻るアトリー家最後の人間になるだろうとは、その場のだれも気づいていなかった。もっとも、そんなことは他人にとってはどうでもいいことである。

墓地に立ってレイは思った。

〈わたしが死んだときは火葬してもらい、その灰をブルーリッジマウンテンにまいてもらおう〉

フォレストは自分のほうが兄貴より先に死ぬだろうと漠然と感じていたが、死後についての詳細はなにも決めていなかった。ただ、ひとつ確かなのは、クラントンには埋葬されたくないということだった。レイはつねづね火葬の希望を口にしている。フォレストの同棲相手のエリーは壮大な霊廟が夢である。フォレスト自身は死の話題そのものがきらいだ。

参列者が多すぎて、マガーゲル葬儀社が用意した小さなテントではとても収容しきれなかった。千人もいる参列者にたいして、テントがカバーしているのは新しい墓と前四列の椅子にすぎなかった。

レイとフォレストはひざが棺につくほどの狭いところに座らされ、パーマー牧師の締めの言葉を聞いていた。折りたたみ椅子に座り、掘られたばかりの墓穴のふちに置かれる父親の棺をながめながら、レイは自分の頭に浮かぶことの奇妙さに心を奪われていた。なぜか急に家に帰りたくてしかたなかった。自分のクラスと学生たちが無性にいとおしかった。飛行機の操縦と、千五百メートルの上空からながめるシェナンドー渓谷の光景がなつかしかった。彼はとにかく疲れていた。いらだってもいた。彼が生まれる前のことまで口にする地元の人たちの思い出話にこれから二時間もつき合わされるのはごめんだった。

式の最後に聖霊降臨派の宣教師の妻が五分間、不動の姿勢で『アメージング・グレース』を歌った。彼女のソプラノの美しいこと。墓地の丘にこだまして、死者をなぐさめ、生きる者に希望を与え、飛ぶ鳥さえも羽を休めて聴き入りそうだ。

トランペットをもった若い兵士が『タップス』を演奏した。だれもがさめざめと泣いた。旗をもった者たちがそれを、こんなときにスエードのジャケットを着こんで汗をびっしょりかいて泣きじゃくるフォレストに手渡した。最後の式辞が森にこだまして消えると同時に、人目もはばからずに泣くハリー・レックスの大きな声が聞こえてきた。レイは身を乗りだして棺に手を触れた。無言で最後の別れを告げてから、ひざの上でほおづえをつき、両手に顔をうずめた。

埋葬式はとどこおりなく済み、昼食の時間になった。そこに座ったまま棺を見つめていれば参列者たちは勝手にその場を離れて自分をひとりにしてくれる、とレイは読んだ。フォレストはその重い腕をレイの肩にまわしていた。そのときの兄弟の様子を見たら、だれだって、ふたりがその場を離れたがっていないものと受け止めただろう。気をとりなおしたハリー・レックスは、家族のスポークスマンとしての役目に立ち返っていた。彼はテントの外に立ち、お偉方たちに足労の謝意を述べ、牧師の式辞におべっかを言い、宣教師の妻にたいしてはそのみごとな歌唱力を褒めたたえた。さらに、クローディアのところへ行き、遺族といっしょにいつまでも座っていないで席を立つようにと説得した。木陰では、シャベルを手にした作業員たちが式の様子を見守っていた。

葬儀屋のマガーゲルをふくむ参列者全員がいなくなってしまうと、ハリー・レックスはフォレストと反対側の椅子にどっかり腰をおろした。三人は座ったまま足に根っこでも生えたように黙って棺を見つづけた。聞こえるのは、三人が去るのを待つ墓埋め工事車のエンジン音だけだった。しかし三人は気にしなかった。父親を埋葬することなんて一生に何度あるというのだ！

墓掘り人夫たちにとって時間がどれほど重要だというのだ？

「りっぱな葬儀だった」

ハリー・レックスがようやく口を開いた。彼は冠婚葬祭のエキスパートなのだ。フォレストが言った。

「老人も誇らしいだろう」

「おやじはりっぱな葬儀が好きだったよな」

そう言ってからレイはつけ加えた。

「でも、結婚式はきらいだったな」

「わしは結婚式が大好きだからな」

ハリー・レックスが言うと、フォレストがちゃかした。

「四回目だっけ？　五回目だっけ？」

「四回目と、あと何回かな」

作業服を着た男が三人に近づき、穏やかな声でたずねた。

「棺をおろしてもよろしいでしょうか？」

レイもフォレストもなんと答えていいか分からなかった。しかし、ハリー・レックスにためらいはなかった。

「ええ、どうぞ」

彼が言うと、作業服の男は墓穴のそばにおいてあるクランクをまわしはじめた。棺は穴のなかにゆっくり沈んでいった。三人はそれが赤い土の底で止まるまで見つめた。

作業員はベルトをはずし、クランクをかたづけて、さっさといなくなった。

「終わったみたいだな」

フォレストがぽつりと言った。

昼食は、街はずれのドライブインに立ちよってタマーリとソーダですませた。繁華街から離れたここならば、判事にお悔やみを言うために飛び入りしてくる妙な客に邪魔されずにすむからだ。一行は、パラソルの下に据えられたピクニックテーブルに着き、走り去る車をながめた。

「バージニアにはいつ帰るんだい？」

ハリーに訊かれてレイは答えた。

「明日一番で」

「やらなきゃならないことがあるんだけど」

「分かってます。今日の午後にでもかたづけちゃいましょうよ」

「用事ってなんなんだい？」

フォレストが口をはさんだ。

「遺言状の検証の手続きだ」

レイが言った。

「二週間したらレイが戻ってくるのを待って、遺産を公開する。いまのうちに判事の書類を見ておいて、仕事がどのくらいになるのか見極めておかなくちゃな」

「遺言状の執行人の仕事ってそういうことなんだ？」

「おまえも手伝えよ」

レイは食べながら、長老教会近くの人通りの多い道に止めてきた車のことが気がかりでしかたなかった。あそこならぜったいに安全なはずだが。

「昨日の夜カジノへ行ってみたんだ」

タマーリを口いっぱいにほおばりながらレイが打ち明けた。

「どこのカジノだい？」

ハリー・レックスが訊いた。

「サンタフェとか言ったかな。車を走らせていて、いちばんはじめにぶち当たったカジノですよ。行ったことありますか？」

「ああ、あの辺のカジノなら全部知っているけど」

もう二度と行きたくないような、おっくうそうな口調だった。ただし違法な薬物を手に入れるためなら話は別だろう。ハリー・レックスは好奇心旺盛な男で、これまでにありとあらゆる薬物を試していた。

「おれも行ったことあるよ」

薬物にもギャンブルにも手を出すフォレストが言った。

「結果はどうだった？」

ハリー・レックスにたずねられてレイは答えた。

「ブラックジャックで二千ドル儲けました。部屋まであてがってもらいましたよ」

「わしから巻きあげた分、連中はそんなところに使っているんだ」

ハリー・レックスが言った。

「わしはいままでにフロアごと買い取れるくらいすっているんだ」

「あそこは、ドリンク無料というところがいいよな」

フォレストが通《つう》ぶりを発揮して言った。

「シャンペン抜いても二十ドルだから」

「ああ、たしかに」

レイはごくりとつばを飲みこみ、ここでエサをまくことにした。

「おやじの机の上に《サンタフェ》のマッチがあったけど、彼はたまにお忍びで行っていたんですか?」

「ああ、もちろん」

ハリー・レックスが言った。

「ひと月に一度はわしといっしょに行っていたよ。判事はサイコロ賭博が好きでね」

「老人がかい?」

フォレストが同じ質問をくりかえした。

「賭けをしてたって言うのかい?」

「イエップ」

郵便はがき

料金受取人払

渋谷局承認

2382

差出有効期間
2004年9月5
日まで

切手は
いりません

150-8790

083

（受取人）
東京都渋谷区渋谷郵便局
私書箱第１３７号

アカデミー出版 行

ご住所《ふりがな》 〒

お名前《ふりがな》

「**召喚状**」いかがでしたか？ 今後の企画、編集の指針にしたいと存じますので、読後のご感想をおきかせ下さい。

この本をお求めになった動機は次のどれですか？

Ⓐ新聞広告をみた　Ⓑ車内吊り広告をみた　Ⓒ書店で知った　Ⓓ評判を聞いた　Ⓔ前から知っていた

「だから遺産なんてないわけだ。寄付の残りをギャンブルで使っちゃったんだから」

レイは、自分の言葉が説明くさく聞こえてうしろめたかった。

「それはあたらないな。判事はなかなかの腕前だったから」

ハリー・レックスの言葉に、レイはショックを受けているふりをした。だが、じつは、たとえそれがわずかでも、謎を解くカギが見つかってホッとしていた。それでもやはり、老判事が週に一度賭博場に通ってあれほどの財産を貯めたとはとても思えなかった。

〈そこのところをあとでハリー・レックスにもっと食いさがろう〉

第十三章

書類調べが終わりに近づいたところで分かった点は、判事がきわめて几帳面だったということである。重要な記録はすべて書斎にあり、かつ、見つけやすかった。

ふたりはまずマホガニーの机から調べはじめた。ひとつの引き出しには過去十年間の銀行関係の記録があり、すべてが年月順に整理されていた。税金関係の書類は別の引き出しに入っていた。寄付金を記録したぶ厚い台帳もあった。別の大きな引き出しには便せんサイズのマニラ封筒のファイルがたくさん入っていて、おのおののファイルには〝不動産税〟とか〝医療記録〟とか〝未払い請求書〟とか〝法律会議〟とかの項目が記されていた。レイはファイルの列から〝未払い請求書〟のファイルをとりだし、開けてみた。請求書は一枚しか入っていなかった——ウェインの芝刈り機修繕分、十三ドル八十セント——日付は一週間前になっていた。

「死んだばかりの人の書類を調べるのは気味悪いもんだよ」

ハリー・レックスが言った。

「他人の私生活をのぞき見するようで良心が痛むんだ」

「謎解きにいどむ刑事の心境のほうが近いんじゃないですか」

レイが言った。彼は机のこっち側で、ハリー・レックスは向こう側で、ふたりともネクタイをはずし腕まくりして目の前の書類の山と向きあっていた。フォレストは例によって役立たずだった。昼食のデザート代わりに六本セットのビールの半分を飲み干し、フロントポーチでいびきをかいていた。

彼の専売特許のドンチャン騒ぎでいなくなることもなく、今日のフォレストはちゃんとそこにいた。いつどこで消えてしまうか分からないのがふだんの彼である。もし彼が父親の葬儀に現われなかったとしても、クラントンの住人たちは驚かなかっただろう。ただ、うわさ話がひとつ増え、アトリー家の放蕩息子にたいする罰点がひとつ多くなるだけだ。

最後の引き出しにはさまざまな私物が入っていた——ペンとか、パイプとか、コンベンションのおりに仲間たちといっしょに撮った写真とか、ずっと昔に写したレイやフォレストの写真もあった。ほかに、判事の結婚証明書、妻の死亡証明書もあった。古い封筒を開けてみると、一九六九年十月十二日付のクラントン・クロニクル紙から切り抜いた写真入りの死亡記事が出てきた。レイはそれを読んでからハリーに渡した。

「母のことを覚えてますか？」

「ああ、覚えているよ。葬儀にも行ったしね」

ハリー・レックスは死亡記事を見ながら言った。

「彼女は美人だったけど、友達はあまりいなかったな」

「どうしてなんですかね？」

「デルタの出だからね。あそこの人間はみんな名門ぶってるんだよ。でも判事はそういう女を妻に望んだんだから仕方ないね。けど、そんなのここじゃ通用しなかったわけだ。彼女は金持ちと結婚したつもりだったんじゃないかな。でも当時、判事はそれほど稼いでいなかったから、彼女としては近所どなりとの差別化に全身全霊をささげなければならなかったわけだ」

「母のことを嫌いだったんですね？」

「べつにそういうわけじゃないさ。ただ、わしは彼女に、あか抜けない男だと思われていたけどね」

「さあ、それはどうですかね」

「わしはおやじさんのことは大好きだった。でも彼女の葬式のとき、泣いてる人があまりいなかったのは事実だ」

「葬儀の話はもういいですよ」

「すまん」

「おやじに頼まれてつくった遺言状の内容はどうだったんですか？　あんたがつくった最後のやつですよ」

ハリー・レックスは死亡記事を机の上に置き、椅子にそりかえった。それから、レイのうしろの窓に目をやり、小さな声で話しだした。

「判事はわしを管財人にして信託基金をつくっておきたかったんだ。この屋敷が売れたときも、その全額が基金に行くようにしてね。わしとしては、判事とその息子たちのために基金運営を喜んでやるつもりだった」

ハリーはポーチに向かってうなずいてからつづけた。

「しかし、基金の頭からまず十万ドルマイナスしなければならなかった。フォレストにかかる費用をそれぐらいと見積もったわけだ」

「あいつはおやじに苦労ばかりかけていますからね」

「そんなことはよせってわしは説得したんだがね」

「でも、おやじはその遺言状を燃やしちゃったんでしょ。それでよかったんだ」

「もちろんさ。あまりいいアイデアじゃないって判事自身も分かっていたんだ。でも彼がしたかったのは、これ以上フォレストを傷つけないよう、父親の害から守ってやることだった」

「わたしもおやじも、もう二十年間もそうしてきましたよ」

「判事はあらゆる可能性を考えていた。フォレストを相続人からはずして全部長男に任せようとしたこともある。でも、それではいさかいの種をまくだけだと分かっていた。そうこうしているうちに、息子たちがふたりとも家を出ていってしまったから、判事はがっかりしてね、屋敷を教会に寄付する遺書をつくるようわしに頼んできたこともあった。でも判事は結局その遺書にはサインしなかった。パーマー牧師が死刑制度に反対をとなえるのに頭にきて、彼は考えを変え、死後屋敷を売りはらいその全額をチャリティーに寄付するよう遺書の内容を変えたんだ」

ハリー・レックスは両腕を広げると、背骨の一部がこちらに見えるほど体をよじって伸びをした。背中を二度手術している彼は、同じ姿勢をつづけるのがつらいのだ。ハリー・レックスの話はつづいていた。

「そんなこんなで、判事がおまえさんとフォレストを呼んだ理由をわしなりに考えてみたんだがね。判事としては、このさい遺産をどうするか親子三人で相談したかったんじゃないかな」

「だったら、どうして土壇場で新しい遺言状をつくったんですかね？」

「そこのところは分からない。もしかしたら、痛みに耐えられなくなったのかもしれない。最近ではモルヒネ漬けになっていたからな。あの病気の末期患者はみんなそうなんだ。もうこれまでと悟ったんだと思う」

レイは肖像画のネーザン・ベッドフォード・フォレスト将軍の目を見あげた。一世紀ものあいだ判事の書斎をにらんできた目だ。判事がソファの上で死ぬことを選んだのも、将軍の目に見守られていたいからにちがいないとレイは思った。だから将軍は知っているはずだ。判事がいつ、どうやって死んだかを。現金がどこから来たかも知っているはずだ。昨夜屋敷に侵入してオフィスを荒らした賊がだれかも!

「その遺言状ではクローディアのことをなにか書いていましたか?」

「ありえないね。判事はあの女を恨んでいたから。おまえさんだって知っているだろ」

「彼女は今朝ここに来ましたよ」

「なにがほしいんだ、あの女は?」

「カネがほしかったんだと思いますよ。一生面倒をみると判事が約束してくれたと言っていました。それで遺言状になにか書かれていないかって訊いてきたんです」

「それで、おまえさんは、遺言状の内容について話したのかい?」

「喜んで話しましたよ」

「気にしなくていい。あの女は放っておいても大丈夫だから。キャラウェーから来たウォルター・スタージスっていう土建屋を覚えているだろ?」

郡内の住民ならだれのことでも知っているハリー・レックスなのだ――黒人に、白人に、最近増えているメキシコ人のこともよく知っている。

「覚えてませんね」

「うわさによると、あの男は五十万ドルの現金をもっていて、クローディアがそれを狙っているんだそうだ。ゴルフシャツを着たふたりがカントリークラブで仲よく食事しているのを何人かが見ている。土建屋のほうは、毎日バイアグラを飲んでるって仲間に吹聴しているらしい」

「ごりっぱですね」

「そのうちあいつはあの女に殺されちゃうよ」

フォレストが寝返りを打ったらしく椅子がキーキーと鳴った。ふたりはポーチが静かになるまで待った。ハリー・レックスがファイルを開いて言った。

「ほら、これがこの屋敷の鑑定見積書だ。去年ツペロの業者に出してもらったんだ。おそらくミシシッピー州じゅう探してもこれ以上の見積もりを出す人間はいないだろう」

「いくらになってるんですか?」

「四十万ドル」

「売りに決まりですね」

「でも、あの業者の見積もりは高すぎると思うよ。もっとも、判事は百万ドルの価値があると思っていたがね」

「そうでしょうとも」

「わしの見積もりでは三十万ドルがいいところだね」

「実際はその半分も無理なんじゃないですか。見積もりはなにに基づいて出されているんですか?」

「ほら、ここに書いてある。敷地面積に、建築面積、美しさ、ほかとの比較、その他あれこれさ」

「ほかと比較って、たとえば?」

ハリー・レックスは見積書をぱらぱらとめくった。

「ここにひとつ書いてある。ホーリースプリングスにある同じ年代、同じ大きさの屋敷が二年前に八十万ドルで売買されている」

「でも、ここはホーリースプリングスじゃありませんからね」

「たしかに違うけど」

「あそこは古い家が建ちならぶ南北戦争以前にできた街ですからね。そんなところと比べるのはムチャですよ」

「あの業者に文句を言えというのかね?」

「そうですよ、その業者を追いかけましょうよ。自分が業者だったらこの屋敷をいくらで買います、ハリー?」

「タダだね。ビールでも飲むかい?」

「いいえ、遠慮します」

ハリー・レックスは立ちあがってキッチンへ行き、〝パブスト・ブルー・リボン〟の細長い缶をもって戻ってきた。

「判事がなぜこんなの買い置きしているのか分からないな」

ハリー・レックスはぶつぶつ言いながら缶の四分の一ほどを飲み干した。

「いつも同じブランドにこだわっていたのに」

ハリー・レックスは窓のところへ行き、ブラインドのすきまから外をのぞいてフォレストの足がぶらぶらしているのを確認してから言った。

「フォレストは遺産のことをあまり気にしてないとわしは思うけど」

「彼はクローディアと同じですよ。ただ小切手がほしいだけなんです」

「でも、彼がカネをにぎったら、かえって死期を早めることになるぞ」

ハリー・レックスが自分と同意見なのを聞いてレイは安心した。それから彼が机に戻ってくるのを待った。これからの彼の目の動きをくわしく観察したいからだ。

「おやじは去年四千ドルしか稼いでいなかったんですね」

レイは申告書を見ながら言った。

「病身だったからね」

ハリー・レックスはふたたび身をよじって伸びをしてから、椅子に座りなおした。

「判事は二年前まで公判の仕事を引き受けていたんだ」

「どんな種類の公判ですか？」

「それはいろいろあるさ。二、三年前に、ナチ党員で極右の州知事がいただろ――」

「ええ、覚えてますよ」

「選挙キャンペーン中は威張ってばかりいたな。家族のきずなを強調して、銃所持以外のすべてに反対していたやつだ。ところが、あいつがとんだ女たらしだというのがバレてね。ワイフに現場を押さえられて、すったもんだになったんだ。ジャクソン市の判事たちは後難を恐れてだれもこの裁判を担当したがらなかった。そのお鉢が判事のところにまわってきたというわけさ」

「それは裁判にまで行ったんですか？」

「ああ、行ったさ。たいへんな泥仕合になったよ。旦那のほうは判事を脅せるとふんでいたんだが、ワイフのほうが証拠をにぎっていてね。結局、家屋敷から財産のすべてをもっていくことになった。その後、風の便りに聞いたところによると、旦那は弟のガレージに住まわせてもらっているらしい。もちろん、ボディーガードはまだ手放せないだろうがね」

「老判事が脅しに屈したことはあるんですか？」

「それはぜったいになかった。三十年間に一度も」

ハリー・レックスはビールを飲み、レイは別の納税記録に目を通した。屋敷のなかは静まりかえっていた。フォレストのいびきが聞こえてきたところでレイは切りだした。

「じつは、現金を見つけたんだけど、ハリー」

ハリー・レックスの目になんの変化も生じなかった。そこには陰謀も、驚きも、安堵感もなかった。まばたきもしなければ、見つめるわけでもなかった。ハリー・レックスはしばらく黙りこんでから肩をすぼめて言った。

「いくらあったんだい？」

「箱にいっぱい」

この答えは質問を呼ぶはずだ。レイはそれを前もって予想し、答えの準備もしていた。ハリー・レックスはふたたび沈黙した。やがて無邪気に肩をすぼめた。

「どこで？」

「あそこですよ、ソファのうしろのキャビネットの中です。現金が箱に入っていました……九万ドル以上」

まだうそはついていない。たしかに事実のすべては伝えていないが、うそはついていない。いまのところは。

「九万ドル？」

ハリー・レックスの声がちょっと大きかったので、レイはポーチをあごで示し、フォレストを起こさないようハリーに注意した。

「ええ、百ドル札でね」

レイは意識して小さな声でつづけた。

「カネの出所の見当はつきますか？」

ハリー・レックスは缶ビールをがぶ飲みしてから、壁にちらりと目をやり、ようやく言った。

「いや、見当つかないね」

「ギャンブルですかね？　おやじはサイコロ賭博が得意だって言ってましたよね」

ハリー・レックスはビールをもうひと飲みした。

「そうかもしれないな。カジノができたのは六、七年前で、判事とわしは週に一度は行っていた。すくなくともできた当初はそうだった」

「じゃ、途中で行かなくなったんですか？」

「だとよかったんだけど。ここだけの話、わしはその後もやめられなくてね。あまりひんぱんに行くようになったので、そのことを判事に知られたくないのもあって、判事といっしょに行くときは、あまりやらないようにしていたんだ。でも、次の晩、ひとりでこっそり行って大負けすることもたびたびあったな」

「それで、一回いくらぐらい負けるんですか？」

「判事の話をしようや」

「オーケー。おやじは儲けていたんですか？」

「たいがいはね。調子のいいときはひと晩で二千ドルくらい勝っていたかな」

「じゃ、調子の悪いときは？」

「損しても五百ドルだね。彼は負けてるときの引き際を知っていた。それがギャンブルの極意というものだよ。やめるタイミングを知り、帰る勇気をもたなきゃ。判事はそのコツを心得ていたが、わしはダメだった」

「おやじはひとりで行くこともあったんですか？」

「ああ。ある夜わしが新しくできたカジノにこっそり行き、ブラックジャックで熱くなっていたときに、ふと見ると、それほど離れていないところに判事がいたことがあった。野球帽をかぶっていたから判事だとすぐには気づかなかったがね。彼の変装はいつもうまく行くとはかぎらなかったようだ。なぜなら、カジノで判事を目撃したといううわさをよく耳にしたから」

「おやじはどのくらいの頻度で行ったんでしょう？」

「それは分からない。判事もそのことはだれにも明かさなかったから。わしのクライアントで中古車販売の店をやってる男がいるんだが、彼の話によると、朝の三時に《トレジャー・アイランド》で判事を見かけたそうだ。判事はきっと街の人に見られたくないので、そんな時間に出かけていたんじゃないかな」

レイは頭のなかでざっと計算してみた。もし老判事が週に三度ギャンブル場へ行き、毎回二千ドル儲けたとして、それを五年間つづけたら、総額はおよそ五十万ドルになる。

「九万ドルくらいはすぐ貯まりますかね？」

九万ドルぽっちと言わんばかりのレイの口調だった。

「どんなことでもありうるね。しかし、どうして隠す必要があるんだろう？」

「それはわたしが訊きたいところですね」

判事が現金をどうして隠したのか。ふたりはしばらくその謎解きに知恵をしぼった。ビールを飲み終えたハリー・レックスは、葉巻をくわえ、それに火をつけた。机の上のゆっくりまわる天井のファンが煙をあちこちにまきちらしていた。

ハリー・レックスはファンに向かって煙をもう一度吹かしてから言った。

「ギャンブルで勝った賞金には税金がかかるんだ。判事はギャンブル場に通っているのを秘密にしておきたかったから、それで現金を隠しておいたんじゃないかな」

「だったら、賞金が多額の場合、カジノで書類かなにかにサインさせられるんじゃないですか？」

「そんな現場は見たことないな」

「でも、もし、自分が多額の賞金を手にしたら、ハリー？」

「そりゃ、書類にサインさせられるだろうね。五ドルのスロットで一万一千ドル勝ったクライアントを知っているけど、彼はカジノから国税局への申告用紙を渡されたそうだよ」

「ルーレットの場合も同じでしょ？」

「チップで一度に一万ドル以上現金化する場合、書類が必要になる。ということは、一万ドル未満なら面倒はないわけだ」

「おやじが面倒な手続きを踏んでいたとは思えませんね」

「わしもそう思う」

「あんたが頼まれて書いたおやじの遺言状には現金のことは触れてなかったんですか？」

「それはなかった。そのカネは謎だな。わしにも説明できない。判事はいったいなにを考えていたんだろう？　自分が死んだあと見つけられることは計算のうえだったのだろうが」

「そのとおりでしょう。問題は、この現金をどうしたらいいか、です」

ハリー・レックスはうなずき、葉巻を口にはさんだ。レイは椅子にそりかえり、天井のファンを見つめた。現金をどう処理すればいいのか、ふたりはしばらくそのことを考えて沈黙した。

ハリー・レックスがビールをもう一本とりに立ち上がった。

現金の話はしだいにしりつぼみになった。ふたりともこれ以上話したくない雰囲気だった。すくなくともこの話題が今日蒸し返されることはなさそうだった。二、三週間したら遺産の内容が公示され、目録の詳細がはっきりするから、ふたりはそのときに、もう一度この話題をもち出すことになるだろう。あるいはもうもち出さないかだ。

この二日間、レイは、現金のことをハリー・レックスに話すべきか、迷いに迷っていた。もちろん、全額を明かすつもりは毛頭なかったが。

その一部にしろ、現金の存在を明かしてしまった今、疑問はさらに増えた。

老判事はサイコロ賭博が好きでギャンブルが得意だった。現金の謎についてかすかな明かりが見えてきた。

〈とはいえ、七年間で三百十万ドルも儲けるなんてありえるだろうか?〉

しかも、書類の手続きをいっさい踏まず、跡を残さないようにしてそれだけ貯めるなんて不可能では。

ハリー・レックスが寄付金の台帳に目を通しているあいだ、レイは納税の記録調べに戻った。

「どの会計士を使うつもりですか?」

レイの質問が沈黙を破った。

「何人かいるけど」

「地元の人間じゃないほうがいいですね」

「そのとおり。わしは地元の人間は使わない。小さな街だからね」

「納税記録はきちんと整理されてますね」

レイはそう言って引き出しを閉めた。

「書類の確認はそれほどむずかしくないさ。問題は屋敷だよ」

「さっそく売りに出しましょうよ。早けりゃ早いほどいいと思いますが。どうせすぐは売れないでしょうから」

「いくらで出したらいい？」

「三十万ドルからでどうでしょう？」

「家の修繕にいくらか使うつもりかな？」

「そんなカネはありませんよ、ハリー」


外が暗くなりかけたころ、フォレストがわけの分からないことを言ってゴネだした。もう死人にもあきたし、愛着もない家の中でぶらぶらしているのもあきた。さらには、ハリー・レックスにも兄貴にもあきたから、男狂いの女や乱交パーティーの待っているメンフィスに早く帰りたいと言いだしたのだ。

「兄貴はいつまたここへ戻ってくるんだい？」

弟に訊かれてレイは答えた。

「二週間か三週間後だな」

「遺産相続の検証のためだろ？」

「そうだ」

そう答えたのはハリー・レックスだった。彼はフォレストに説明した。

「法廷に出て判事の前で説明することになる。おまえさんも出席するなら歓迎するけど、とくに出席する義務はない」

「おれは出ないね。法廷にはもうあきあきしている」

兄弟はフォレストの車までいっしょに歩いた。

「大丈夫か、おまえ？」

レイは訊いたが、弟の身を案じてというよりも、自分が心配していることをフォレストに見せたかっただけだった。

「おれは大丈夫だ。じゃあな、兄貴」

兄貴のお説教がはじまる前に早く帰ろうとフォレストは急ぎ足だった。

「戻ってきたら電話くれよ」

それだけ言って彼はエンジンをスタートさせ、走り去っていった。見送るレイには分かっていた。弟はクラントンとメンフィスのあいだのどこかにシケこむことを。バーに寄って違法薬物に手を出すか、ビリヤード場に寄ってひと賭けやるか、それとも酒屋に寄ってビールを一ケース買いこんでそれをチビリチビリやりながらドライブをつづけるか。フォレストが父親の葬儀に耐えたのはむしろりっぱだった。だが、相当のプレッシャーがたまったはずだ。

〈それをとりのぞく方法を他人は見ないほうがいい〉

例によってハリー・レックスは腹をすかし、ナマズのフライでも食べないかとレイを誘った。

「まあ、どっちでも」

レイが答えた。

「よし、湖のほとりに新しい店があるんだ」

「なんていう店ですか？」

「《ジターのナマズ小屋》」

「冗談でしょ？」

「いや、本当さ。とてもおいしいんだ」

ふたりは湖のほとりの水面に張り出したデッキの上で夕食をとった。週に二度はナマズを食べているというハリー・レックスにたいして、レイがナマズを口にするのは五年ぶりだった。料理はバターとピーナツオイルで仕上げられていて、とてもしつこかった。いろいろあるから、今夜は長くなりそうだ、とレイは覚悟を決めた。

レイはむかし自分が使っていた二階の寝室の窓とドアに鍵をかけ、現金を詰めた三つの袋を足元に置き、ピストルに弾をこめて寝た。こういう状況からして、部屋のなかを見回して子供時代の思い出にふけるなどという気分にはとてもなれなかった。それに、彼が子供だった当時も家のなかは暗くて寒々としていた。とくに母親が死んでからはそうだった。

追憶にふける代わりに、彼は、羊の数をかぞえる例にならって、判事が賭けのテーブルからキャッシャーに運ぶ一個百ドル相当の丸くて黒いチップをかぞえながら眠ることにした。レイは想像をふくらませながらかぞえた。チップの行き着くところは、足元にある総額三百十万ドルの現金だった。

第十四章

クラントンの街の中央広場にはカフェが三軒ある。うち二軒は白人客用で、一軒は黒人客のたまり場だ。《ザ・ティー・ショップ》の客には銀行や法律関係者のいわゆるホワイトカラーが多く、店内は、株や政治やゴルフの話で少々やかましい。《クローズ》は黒人客用のカフェで、創業四十年にもなり、料理はここがいちばんおいしい。

《ザ・コーヒー・ショップ》は農民や警察官や工場労働者たちに愛され、アメフトやハンティングが客たちの話題だ。ハリー・レックスはここが好きだった。彼にかぎらず、こういう庶民的な場所で食事をしたがる弁護士もけっこういる。日曜をのぞく毎日五時に開店して六時には満席になる。

レイは店の近くに車を止め、鍵をかけた。東の丘から太陽がすこしずつ顔を出していた。

〈これから十五時間ぶっつづけで飛ばせば、深夜までには家に着けるかもしれない〉

先に着いたハリー・レックスは窓ぎわのテーブルを選び、折りたたんだ新聞を手元に置いてレイの到着を待っていた。

「なにかニュースはありますか？」

レイはあいさつがわりにたずねた。老判事の屋敷にはテレビがなかったから、彼はニュースに飢えていた。

「なにもないな」

ハリー・レックスは紙面に目をやりながらポツリと言った。

「死亡記事はまとめておまえさんのところに送るよ」

ハリー・レックスはペーパーバックサイズに折りたたんだクシャクシャの新聞をテーブル越しに投げてよこした。

「これ読むかい？」

「いいえ、出発しなきゃならないので」

「その前にまず食っていけ」

「ええ、まあ、では、そうしようかな」

「へーイ、デル！」

ハリー・レックスは店の奥に向かって声をはりあげた。カウンターもテーブル席もブース席も男性客でいっぱいだった。客たちはおしゃべりと食うことに忙しかった。

「デルはまだこの店にいるんですか？」

レイは驚いて訊いた。

「彼女は歳をとらないんだ」

ハリー・レックスが手招きしながら言った。

「彼女の母親は八十歳で、祖母は百歳。わしらが墓場に入ったあとも彼女はここで働いているさ」

デルは大声で呼ばれてかならずしも喜んでいなかった。コーヒーポットをもってきたときの彼女はつっけんどんだったが、レイがだれだか分かるとすぐに態度をあらためた。彼女はレイの肩に腕をまわして話しだした。

「二十年ぶりじゃないの」

それから彼女はレイのとなりに座り、彼の腕をつかんだままお悔やみを言った。ハリー・レックスが口をはさんだ。

「りっぱな葬式だったろ？」

「あんなりっぱなの初めてよ」

彼女はレイをなぐさめるつもりで言ったのだろう。

レイの目が潤んでいたのは悲しみからではなく、彼女が発散する安い香水のごった混ぜがけむかったからだ。

デルが勢いよく立ちあがって言った。

「それであなたたち、なにを召しあがるの？　今日は店のおごりよ」

「パンケーキとソーセージ」

ハリー・レックスがレイの分を勝手に決めてしまった。

デルが席を離れていった。あとには香水の雲が立ちこめた。

「おまえさんにはこれから長いドライブがあるんだ。食べすぎるなよ」

レイはクラントンに三日いて、口に入れたものすべてが腹にもたれていた。えんえんとつづく田舎道を走る光景を想像して、レイは本当はもっと軽いものを食べたかった。

店内に彼と気づく者がいないのがレイにはありがたかった。この時間帯にやってくる弁護士風情もいない。葬儀に参列するほど判事を知っている者もいない。警察官や行員たちは自分たちの話で盛りあがっていて、周囲を見回すこともない。デルはみごとに口が堅かった。一杯目のコーヒーを飲むと、レイは急に緊張がとけてリラックスできた。周囲の会話や笑いが楽しく感じられはじめた。

八人分もあるかと思えるほどの料理の山をかかえてデルが戻ってきた。ハリー・レックスのためのパンケーキの大山と、レイのためのパンケーキの小山、さらにソーセージの山と、重そうなビスケットの皿。ビスケットにはバターのボウルと、だれかが手づくりしたシロップのボウルが添えてあった。レイは首をかしげた。

〈パンケーキといっしょにビスケットを食べるやつなんているんだろうか?〉

デルはふたたびレイの肩をたたいて言った。

「あなたのお父さんはとてもやさしい人だったのにね」

それだけ言ってデルは行ってしまった。

「いろいろに形容される判事だ」

ハリー・レックスがシロップに浸したホットケーキをほおばりながらつづけた。

「でも、やさしかったというのは当たらないよな、レイ」

「やさしくはなかった」

レイも同意した。

「おやじはこの店に来たことがあるんですか?」

「いや、わしが知っているかぎりないね。判事は朝食はとらなかったし、人込みやお決まりのあいさつが嫌いだったからね。夜行族だったたし、ここは判事が来るような場所じゃないさ。この九年間、広場に来ることもあまりなかったんじゃないかな」

「だったら、彼女はどこで判事に会ったんでしょう？」

「法廷でだよ。彼女の娘のひとりが子供を産んだんだけど、産ませた男というのが既婚者でね。大騒動だった」

ハリー・レックスは馬ののどにも詰まりそうな大きなパンケーキを口に押しこんだ。それからさらにソーセージにもがぶついた。

「それであんたも騒動のなかに入っていた？」

「もちろんさ。そのとき判事が彼女を正当に取り扱ってやったんだ」

ハリー・レックスはおいしそうにムシャムシャと音をたてた。レイはつられてパンケーキを口に運んだ。シロップが垂れるので、彼はテーブルに身を乗りだし、口を皿に近づけて食べた。

「判事は地元の名士なんだよ、レイ。知ってるだろ？　みんなから敬愛されているんだ。選挙のとき、彼にたいするフォード郡の票が八十パーセントを下回ったことは一度もないんだよ」

レイはパンケーキと格闘しながらうなずいた。パンケーキはまだ温かかったが、油っこいだけで特においしくはなかった。

「このさい家に五千ドルもかければ」

ハリー・レックスが口をもぐもぐさせながら言った。

「何倍にもなって戻ってくるぞ。いい投資なんだがね」

「五千ドルって、何にかけるんですか?」

 ハリー・レックスはナプキンで口を豪快にぬぐった。

「まず、そうじするんだよ。水洗い、蒸気消毒。床や壁や家具も洗って家の中のにおいを消すのさ。それから外回りと一階の塗装をし直したほうがいいな。天井から星が見えないように屋根も修繕するんだ。草刈りもやったほうがいい。とにかくもう少しおしゃれにするんだ。やってくれる地元の人間を何人か知ってるけど」

ハリー・レックスはもうひときれ口にほうり込んでレイの反応を待った。

「銀行に六千ドルしかないんですよ」

デルが足ばやにやってきて、ふたりのカップにコーヒーのお代わりを注いだ。そのまま歩みを乱すことなくレイの肩をポンポンとたたいた。

「箱に入っている現金を見つけたんだろ? それがあるじゃないか」

パンケーキを切りながらハリー・レックスが言った。

「では、それを使いましょうか?」

「ずっと考えていたんだ」

ハリー・レックスはコーヒーをがぶ飲みしてからつづけた。

「じつは昨日、考えつづけて、ひと晩じゅう眠れなかった」

「と言いますと？」

「問題はふたつある。ひとつは重要で、もうひとつはどうでもいいことだ」

ハリー・レックスは小さなひときれをパクリとやってから、ナイフとフォークの助けを借りて手まね入りで話しだした。

「まずそのカネの出所だ。それが知りたいんだが、じつはたいして重要なことではない。もし判事が銀行強盗をやったとしても、彼はもう死んでいる。カジノで儲けて税金を払わなかったとしても、彼はもう死んでいる。現金のにおいが好きで単にこつこつ貯めたとしても、やはり彼は死んでいる。わしの言う意味が分かるだろ？」

レイは複雑なことを聞いているかのように肩をすぼめた。ハリー・レックスは独演を中断してソーセージを口にほうり込むと、ふたたびナイフで空気を切りはじめた。

「第二の問題点は、そのカネをどうするかだ。こっちは重要だ。そのカネの存在をだれにも知られていないのが前提になる。いいな？」

レイはうなずいた。

「そうです。隠されていたんですからね」

窓のガタガタ揺すられる音がレイの耳にこだました。部屋中に散らばり踏みつけられているブレーク＆サンの箱も目に浮かぶ。

レイは思わず窓に目をやり、現金を満載して逃げる用意のできているアウディ・ロードスターを見つめた。

「もしその現金を遺産にふくめると、半分は税金としてもっていかれる」

「それは分かっています。それで、どうすればいいんでしょう？」

「それをわしに訊かれても困るな。わしはいま国税局と十八年越しの戦争をしている最中なんだ。勝つのはどっちだと思う？　どうやら連中が勝つらしい。クソッ！」

「それが弁護士としてのアドバイスですね？」

「いや、友人としてのアドバイスさ。おまえさんがもし法的なアドバイスをお望みなら、すべての財産を表に出し、ミシシッピー州の定めるコードにしたがって適切に目録をつくらなければならない」

「サンキュー」

「わしとしては、屋敷が売れたらその代金から二万ドル先払いしてもらって、それで各種の管理費用をまかない、すこし時間を置いてから残金の半分をフォレストに与えようと思うんだがね」

「冴えた提案です。さすがは法律顧問ですね」

「なにを言う。これは常識さ」

ハリー・レックスはレイの目の前の皿に手を伸ばしてビスケットをつまんだ。

「ビスケット、食べないかい？」

「いえ、けっこうです」

ハリー・レックスはビスケットを半分にスライスし、そこにバターとジャムをたっぷり塗り、最後にソーセージのパテをはさんだ。

「本当にいらないのか？」

ハリー・レックスの食べ方を見て、レイはようやくビスケットの謎が解けた。

「ええ、もうけっこうです。札になにかのマークがついている可能性はあるでしょうか？」

「それが身代金か麻薬取引のカネならその可能性はある。アトリー判事がその種の犯罪の片棒をかつぐとは思えないね。どうだ？」

「分かりました。家のそうじに五千ドルかけましょう」

「損はしないさ」

カーキパンツにカーキシャツが似合っている小柄な男がふたりのテーブルにやってきた。男は人懐っこそうな笑いを浮かべて言った。

「失礼します、レイ。わたしはロイド・ダーリンです」

男はそう言いながら握手の手を差し伸べた。

「街の東に農場をもっている者です」

レイは立ちかけて男の手をにぎった。フォード郡でロイド・ダーリン氏ほど広大な農場を所有している者はいない。レイは昔、教会のサンデースクールで彼に教わったこともある。

「久しぶりですね」

レイは腰を浮かしたまま言った。

「どうぞ、かけたままにしていてください」

男はそう言ってレイの肩にやさしく手を置いた。

「判事のお悔やみを言いたかっただけなんです」

「ありがとうございます、ミスター・ダーリン」

「アトリー判事ほどすばらしい人はいなかった。同情します」

レイはうなずくだけだった。ハリー・レックスは食べるのをやめ、いまにも泣きだしそうな顔をつくろった。ロイド・ダーリンがいなくなると、彼はふたたび食べはじめた。レイはひと口ふた口食べただけでもう満腹だった。

ハリー・レックスが国税局との戦争について語りだした。レイはそれを聞いているふりをしながら、亡き父を褒めたたえてくれる地元の人たちの温かさに思いをはせた。みんなが老判事を敬い、だれもがロイド・ダーリンのように律義だ。

もしあの現金の出所がカジノでなかったとしたら、どういうことになるのだろう？　もしなんらかの犯罪がおこなわれていたとしたら？　もし老判事が人に言えないような恐ろしいことをしでかしていたとしたら？

コーヒーショップの人込みのなかに座り、ハリー・レックスの顔を見つめ、話を聞き流しながら、レイ・アトリーは結論した。

そして、その結論を自分に言い聞かせた、というよりも、自分に誓った。

〈車のトランクルームに積み込まれているあれが、もし判事にとって恥ずかしいカネであるなら、だれにも知られていないはずだ。だとしたら、ルーベン・アトリー判事の輝かしい名声を息子として守らなくてはならない〉

レイは自分との契約書にサインした。握手し、血の誓いを立て、神に約束した。現金のことはだれにも明かすまい、と。

ふたりは歩道の上で「グッバイ」を言いあった。ふと横を見ると、そこもだれかの法律事務所の前だった。ハリー・レックスからベアハッグのような抱擁を受け、レイはお返ししようとしたが、腕が押さえられていて動かなかった。

「判事が死んじゃったなんて、まだ信じられない」

ハリー・レックスの目はまたもや潤んでいた。

「その気持ち、分かります」

ハリー・レックスは涙をこらえながら、首をふりふりその場を去っていった。レイはアウディに飛び乗ると、うしろをふり向くこともせず、広場をあとにした。

数分後、レイは街はずれを走っていた。ポルノ映画を最初に上映したドライブ・イン・シアターの前を通りすぎ、アトリー判事がストライキを調停した靴工場をあとに、父親の伝説からどんどんと遠ざかっていった。ふと、メーターに目をやると、知らないうちに時速百五十キロもの速度に達していた。

うしろから追突されるのもまずいが、警察官に止められるのもまずい。それだけは避けなければならない。これから長いドライブになるが、シャーロットヴィルに到着するタイミングが重要である。早すぎると、通り道のアーケード内で知り合いに出くわす可能性が高い。また遅すぎると、夜回りの警察官に見とがめられて尋問される可能性がある。

テネシー州との州境を越えたところで、レイは、給油と、トイレのためにガスステーションに立ちよった。コーヒーを飲みすぎたのと、ハリー・レックスにつられて食べ物を口に入れすぎていた。携帯電話でフォレストを呼びだそうとしたが、返事がなかった。これは吉凶どちらとも言えなかった。なにごとも予測不可能なのがフォレストなのだ。

ふたたび車を走らせ、今度は時速九十キロを保つよう心がけた。数時間がすぎ、フォード郡がまるで別世界の出来事のようにかすんでいった。そこで出会った人々と、かわした会話。すべてが夢のなかの出来事のような気がしてきた。クラントンは故郷と呼ぶのにけっして悪くない街である。それでも、もう二度と見ることがなくても、悲しくはないだろう。

一週間すると学年末試験が終わり、すぐ夏休みだ。そのあとの三カ月、講義の予定がないから、時間を研究と著作に向けることができる。ということは、忙しくないということだ。

〈まずは、クラントンに戻って父親の遺産相続の執行人として宣誓しよう。ハリー・レックスから提案されたことも実行するんだ。それからゆっくり現金の謎を解明すればいい〉

第十五章

行動を計算する時間はじゅうぶんあったが、すべてがうまく行くとはかぎらない。到着したのは五月十日の水曜日、午後の十一時二十分。それはまずまずだった。しかし、自分のアパートがある建物の前の歩道上に違法駐車する予定でいたのが、同じ考えのドライバーたちが大勢いてそれができなくなってしまった。アパート前の歩道上がこれほど違法駐車の車で占拠されていることもめずらしかった。ただ小気味いいことに、どの車のワイパーにも駐車違反キップがはさんであった。〝ざまあみやがれ〟である。

路上に駐車して、アパートと車のあいだを猛ダッシュで往復する方法もあるが、危険がともなう。彼専用の駐車スペースが建物の裏手にあるものの、駐車場の入り口の門は十一時に閉められてしまう。

したがって、三ブロックも離れたところにある暗くて人の出入りのほとんどない洞窟のようなパーキングガレージを利用するしかなかった。バカでかい多層階のその駐車場は、昼間こそ利用客がいるものの、夜になると不気味なほど静まりかえっている。こういうことになりやしまいかと、じつはレイは何時間も前から案じていたのだった。いろいろあるオプションのなかで最悪の選択である。現金を輸送する方法のリストのいちばん最後に来るようなDかEのプランと言わざるをえない。

愛車をガレージの一階に駐車したレイは、小型のスーツケースを手に車を出ると、ドアの鍵を閉め、心配でたまらないまま駐車場をあとにした。そして、凶器をもったギャングに狙われやしないかと目を皿のようにしながら道を急いだ。長時間のドライブで足も背中も痛んだが、仕事の本番はこれからだった。

アパート内は留守にする前とまったく変わっていなかった。それを見て安堵する自分が妙だった。留守番電話にメッセージが三十四件もたまっていた。友人や同僚からのなぐさめの言葉が多いのも当然だった。レイはあとでゆっくり聞くことにした。

廊下のクローゼットの底でガラクタの下敷きになっている赤いウィンブルドン・テニスバッグを見つけた。もう二年も手にしてない代物だ。レイが思いつくバッグでいちばん大きいものはそれしかなかった。袋とか箱とかだと怪しまれそうだった。

銃があったらポケットに忍ばせていきたいところだが、ここシャーロットヴィルは犯罪がまれな都会だ。彼自身、銃などもたない主義である。クラントンでの日曜日の出来事以来レイはピストルのたぐいがますます怖くなっていた。だから老判事のピストルは〝メープル・ラン〟のクローゼットのなかに隠してきた。

バッグを肩からさげ、表玄関のドアに鍵をかけて外に出ると、レイはできるだけカジュアルな歩きをよそおってアーケード内を進んだ。照明がよくきいていて道は明るかった。常にひとりかふたりの警察官があたりを見張っているはずだ。深夜すぎのシャーロットヴィルはまるで死んだようになる。この時刻にまだぶらついているのは不良少年か、酔っぱらいか、残業で遅くなったサラリーマンくらいである。

彼が到着するすこし前に嵐が通過していた。道は濡れていて風はまだ吹いていた。手をつないだ若いカップルが通りすぎていった。ガレージに着くまでにレイが出会ったのは、そのふたりだけだった。

彼が最初に考えたのは、ゴミ袋をそのままサンタクロースのようにかつぎ、駐車場からアパートに急いで運んでいくことだった。三回の往復で終わるだろうから、あまり人に見られなくてすむ。だが、ふたつの心配が彼を躊躇《ちゅうちょ》させた。その第一は、もし袋が破れて百万ドルが歩道に散らばったらどうなるかだ。血のにおいを嗅ぎつけた鮫のように、酔っぱらいや浮浪者が暗がりのあちこちから押しよせてくるだろう。その二番目は、ゴミ袋を肩に担いで運搬する光景は警察官の目を引きやすいことだ。警察官は尋問するだろう。

「そのバッグの中身はなんだね？」

「なんでもありません——ゴミです——百万ドルです」

どの答えも怪しすぎる。

したがって、計画の重点は〝がまんすること〟に置かれた。時間をかけ、回数が多くなってもいいから、現金をこまかく分けて運ぶことだ。その場合の問題はレイの疲労度だけだから、あとでゆっくり休めばいい。

いちばんビクつくところは、車のトランクのなかで四つんばいになってゴミ袋からテニスバッグに現金を移す瞬間だ。それを何食わぬ顔でやり抜かなければならない。

さいわいなことにガレージは無人だった。レイはジッパーが閉まらなくなるほどテニスバッグいっぱいに現金を詰めこんだ。それから、トランクのドアをおろし、まるで人を殺《あや》めた直後のように左右を見まわした。

三つある袋のうちバッグに入ったのは、ひと袋の三分の一ほどだった。これだけでも、逮捕されたり、ナイフで襲われたりするのにじゅうぶんすぎる額である。

さりげなくふるまおうと思えば思うほど歩行もそぶりも硬くなった。前後左右を確かめながら歩きたいのに、目は前を見たきりで、思うように動かせなかった。

鼻にピアスをつけたティーンエージャーがひとり、ふらふらと舞い出てきた。ヤクでハイになっているらしかった。レイは歩を速めた。こんな往復をあと八回か九回くり返さなければならないのだ。レイはやり抜けるかどうか自信がなくなった。

暗がりのベンチに座っていた酔っぱらいから意味不明の罵声を浴びせられた。レイはつんのめりそうになったが、かろうじてもち直した。ピストルをもっていないことに感謝した。もしあったら、この瞬間、動くものなら何にたいしても引き金を引いていたかもしれない。現金の重みは道をひとつすぎるごとに肩に食いこんだ。しかし、なんとか無事にアパートまでたどりついた。札束をベッドの上にぶちまけると、レイはすべてのドアに鍵をかけ、ガレージに引き返した。

五回目に現金を運んでいたとき、暗闇から錯乱した老人が飛びだしてきて、レイの行く手をはばんだ。

「なにをやらかしてるんだ、おまえ?」

老人は手になにか黒いものをにぎっていた。レイはそれを凶器と見た。

「どけ」

レイはできるだけドスをきかせて言った。しかし、口のなかはカラカラだった。

「さっきから行ったり来たりしてるじゃないか」

老人はわめいた。老人の目は悪魔のように充血していて、彼が放つ悪臭は鼻をつまみたくなるほど強烈だった。

「よけいなお世話だ」

レイは足を止めずに歩きつづけた。しかし、老人は彼の前に出て通せんぼした。このあたりを根城にしているやっかい者である。

「どうしたんだ?」

背後からキビキビした声が聞こえてきた。レイがふり向くと、警棒を手にした警察官がこちらに向かってゆっくり歩いてくるところだった。レイは満面に笑みを浮かべて返答した。

「こんばんは、お巡りさん」

レイの呼吸は荒く、顔は汗ばんでいた。

「こいつがなにかやらかしているんだ。あっちへ行ったりこっちへ行ったりして!」

老人は声を荒げて警察官に訴えた。

「こっちから行くときはバッグがからっぽで、あっちから来るときはバッグをいっぱいにしてな」

「まあ、落ち着けよ、ギリー」

警察官の言葉を聞いて、レイは息を大きく吸いこんだ。老人以外のだれかに見られてはいまいかと、それがいちばん心配だった。いるにはいたが、そいつがよりによって警察官だったとは。アーケードをうろつくという点で警察官はギリーと同類だ。レイがはじめて見る顔である。

「バッグの中身は？」

警察官がたずねた。

ありきたりだったが、問題の核心をつくヤバい質問だった。数分の一秒間、職務質問―所持品検査―逮捕―尋問とつらなる一連の警察権についての講義が、法律の教授であるレイの頭のなかを駆けめぐった。レイはそんな事態を避けるため、こういうときのために前もって用意しておいた言葉を口からスムーズに吐きだした。

「今夜、ボアーズヘッドでテニスをやったんですよ。それで関節を痛めちゃって、こうして歩いて痛みをやわらげているんです。わたしはすぐそこに住んでいる者です」

レイは二ブロックほど先の自分のアパートを指さした。警察官はギリーに顔を向けて言った。

「住民を脅してはいけないって言っているじゃないか、ギリー。おまえがまだ外にいるのをテッドは知っているのか？」

「こいつはあのバッグの中になにか隠しているんだ」

老人の声に元気がなくなった。警察官は彼をその場から引き離そうとした。

「ああ、中に現金が入っているんだよ」

警察官はさりげなく応じた。

「この人はきっと銀行強盗でもやったんだな。捕まえてくれてあんがとよ、ギリー」

「行くときはからっぽなのに、帰ってくるときはいっぱいなんだ」

「グッドナイト、サー」

警察官は老人をひっぱって行き、ふり向いて肩越しに言った。

「グッドナイト」

暗闇に潜むほかのキャラクターの目を引きはしまいかとビクビクしながら、傷ついたテニスプレーヤーは、残りの半ブロックを足を引きずらせたままの格好で歩いた。

五回目の運搬物をベッドの上にあけると、レイはリカーのキャビネットからスコッチのボトルをとりだし、きついのを一杯注いだ。

ギリーがテッドのところに戻る時間を計算して、レイは二時間ほど待った。

いまごろギリーは相棒からヤクをもらって、もう外には出てこないだろう。パトロールの警察官もほかの者に交代しているころだ。

その二時間のあいだ、レイは駐車中の車のことが心配で頭がおかしくなりそうだった。いろいろなシナリオが脳裏を駆けめぐった。盗難に、車上荒らしに、火災。それに、なにかの間違いによるレッカー移動。あらゆる災難が考えられた。

午前三時になって、レイはジーンズとハイキングブーツのラフな姿に変身した。紺色のスエットシャツの胸には〝バージニア〟とプリントされている。今度は赤いテニスバッグをやめ、それほど入らないが、使い古しの革のブリーフケースをもっていくことにした。これなら警察官の注意を引かないだろう。レイはスエットシャツの下に、ステーキナイフをしのばせた。万一ギリーのような浮浪者や路上強盗のたぐいに襲われたときに使うためだ。さっと引きぬけるよう、ベルトの使いやすい位置にさしこんだ。大学教授がナイフで人を傷つける用意をするなんて愚かなことだと分かってはいたが、そのときのレイはいつものレイではなかった。三日三晩ろくすっぽ寝ていなかったので、疲労も限度に達していた。おまけに、スコッチ三杯の勢いもあって、なにがなんでも現金を守り通すのだという決意に燃えていた。そのレイがいよいよ表に姿を現わした。

さすがに午前三時ともなると、酔っぱらいの姿は消え、中心街のこのあたりでも人通りはまったくなかった。しかし、ガレージに足を踏み入れたとき、なにかが動くのを見てレイはギクッとした。アーケードの奥の街灯の下をいくつもの黒い影が通りすぎていった。黒人ティーンエージャーのグループだった。彼らの歩みは遅く、どちらに向かうでもなく、トラブルを求めて叫んだり大声で雑談したりしていた。

あと六回も往復しなければならない。そのうちかならずあのグループと鉢合わせするだろう。レイは最終的なプランをその場で考えることにした。

レイはアウディを発進させてガレージを出た。それから広場をUターンして、アパートの玄関前の違法駐車の列のあいだに自分の車を入れた。エンジンを止め、ライトを消してトランクを開けると、現金の袋をわしづかみにした。

五分後、財産のすべてが納まるべきところに納まった。

朝の九時に電話が鳴り、レイはそのベルの音で起こされた。ハリー・レックスからだった。

「もう起きる時間だぞ」

ハリー・レックスがうなった。子供をどやすような調子だった。

「ドライブはどうだった?」

レイは飛び起きてベッドのはじに座り、目をこすった。

「快適でしたよ」

レイがかすれ声で答えた。

「昨日、仲介業者のバックスター・レッドに相談したんだ。街でも最有力の業者だけどね。それで、いっしょに屋敷の内外をあらためて見たんだが、やはりひどい傷み方だね。とにかく彼としては、最初の評価額の四十万ドルで行きたいらしい。まあ、たたかれても二十五万にはなるという算段だ。手数料は六パーセントって決まっている。聞いているのか、レイ?」

「ええ、聞いてますよ」

「だったら、返事してくれよ」

「聞いているから、どうぞ話してください」

「多少カネをかけて修繕したほうがいいと彼も言っている。塗装も少ししたほうがいいし、フロアにワックスをかけて、外灯もいいのに付け替えたら、かなり見栄えもよくなるって言うんだ。クリーニング屋を一軒紹介してくれたよ。聞いているのか？」

「ええ、聞いてます」

ハリー・レックスは夜遅くまで起きていたらしい。おそらく、またパンケーキとビスケットとソーセージでエネルギーを補給したのだろう。

「とりあえず、塗装業者と屋根の修繕業者を手配しておいたから、すぐ現金が入り用になるぞ」

「二週間したらすぐそちらに戻りますよ、ハリー。そのときまで待てるでしょ？」

「了解。元気がなさそうだけど、二日酔いか？」

「いや、ちょっと疲れただけです」

「だったら元気出せ！　そっちの時間でもう九時をすぎているんだろ？」

「ご忠告ありがとう」

「二日酔いと言えば」

ハリー・レックスは急に声をひそめた。

「昨日の夜、フォレストから電話があったんだ」

レイは立ちあがり、背すじを伸ばした。

「どうせいい話じゃないんでしょ?」

「たしかに。フォレストは酔っぱらっていた。アルコールかドラッグか、どっちか分からなかったけど、たぶんアルコールだろう。どっちにしろ、彼はへべれけだった。話の途中で眠りこんだかと思うと、また突然話しはじめる始末でね」

「彼はなにがほしいって言うんですか?」

「カネだよ。破産状態だから、いますぐじゃなくていいからカネが必要なんだと。屋敷と遺産のことが心配だって言うんだ。それで、兄貴がごまかさないよう、よく注意してくれってわしに頼むんだよ」

「わたしが弟をだます?」

「彼はああいう男だから真に受けないほうがいい。それにしても、フォレストは言いたい放題だった。ほかにもいろいろ言っていたぞ」

「どんなことを?」

「ま、おまえさんに事実だけを話しておくけど、腹を立てちゃいかん。言った本人は、今朝になったら、もう自分の言ったことを忘れてるんじゃないかな」

「フォレストがなにを言ったんですか? いいから話してください」

「そうだな。判事がいつも兄貴の肩ばかりもっているとこぼしていた。だから執行人に指名したんだろうってね。それから、いつも兄貴のほうがもらいが多いし、兄貴が遺産をちょろまかすだろうから、それを見張るのが弁護士の役目だとか、あれこれごちゃごちゃ言っていた」

「そんな程度ですか？　あいつは正気に見えても、すぐそういうふうになるんです」

「分かってる」

「なんと言われても、いまさら驚きませんよ」

「でも一応そのつもりでいたほうがいいぞ。彼はいま混乱しているから。その調子でおまえさんにケンカをふっかけてくるかもしれない」

「そんなの、もう慣れっこですよ、ハリー。彼はいつもだれかに狙われていると思いこんでいるんです。被害妄想。中毒患者の典型ですよ」

「彼は屋敷に百万ドルの価値があると思いこんでいるんだ。それで、その額で売るのが弁護士の役目だし、もしできないなら別の弁護士を頼む、なんて言いだすんだ。わしはもちろん気にしない。酔っぱらいのたわごとだからね」

「哀れなやつです」

「たしかにそのとおりだけど、一週間もすれば落ち着くだろうから、そのとき、あらためて話しあおうと思うんだ。ま、なんとかなるさ」

「いろいろ迷惑かけてすみません、ハリー」

「それがわしの仕事だ。法にたずさわる者の喜びのひとつかな」

レイはコーヒーを沸かした。クラントンでは飲めなかった大好きなイタリアンブレンドの特別に濃いやつを注いだ。一杯目をカラにしても、頭はまだ眠っていた。

どんなトラブルにしろ、フォレストの場合、筋は見えている。あれこれ問題を起こしても、彼は基本的に無害である。遺産にかんしては、ハリー・レックスが万事うまく取り計らってくれるだろう。遺言状にあったものすべてを兄弟で二等分すればいいのだ。それでも一年か二年したら、フォレストはけっこうな額の小切手を手にすることになる。

屋敷がクリーニングサービスに勝手にいじくりまわされるのがレイは気になった。十人以上の掃除婦たちがアリのように群がり、嬉々《きき》として汚れに立ち向かう光景が頭に浮かぶ。もし彼女たちが、屋敷のどこかで別の現金を見つけたらどうなる? 現金の詰まったマットレスとか、クローゼットの奥に隠された現金の箱とか、そんなものが出てきたらどうする? しかし、それはありえないことだ。三百万ドルの現金を見つけた熱に浮かされて、レイは屋敷のすみずみまでほじくりかえした。掃除婦さえ入らない牢のような地下室にも足を運び、クモの巣をかきわけて家捜ししたではないか。

レイは濃いコーヒーをもう一杯飲んでから、ベッドルームに行き、椅子にどっかり座りこむと、目の前の現金の山を見つめた。

〈さて、これをこれからどうするかだ〉

わけの分からないまま夢中ですごしたこの四日間。レイとしては現金をこの場にもってくることに全精力をささげてきた。これからどうするか、今度はそれを考えなくてはならない。とはいえ、選択肢はあまりない。とりあえずはどこか安全なところに隠すことだ。いまはそのぐらいしか思いつかない。

第十六章

机のまんなかに大きな生け花が置かれている。花に添えられた弔文は、彼の反トラスト法の講義を受けている十四人の学生たちがよせ書きしたものだ。レイはひとりひとりが書いた短いパラグラフに目を通した。生け花の横には、同僚教師たちからよせられたカードの束も置かれている。

アトリー教授が帰ってきたとのうわさはたちまちキャンパス内に広まった。朝のうちに同僚教師たちが彼のオフィスに顔を出し、思い思いの弔意を告げていった。大学の頭脳集団が狭いグループであることを、レイはこういうときに思い知らされる。大学の方針ともなるとささいな違いなのに口角泡を飛ばして議論する教授たちだが、必要になるとさっと態度を変えて団結する。レイはそんな同僚たちの顔が久しぶりに見られてうれしかった。ダフマン教授の妻は、とかく評判の悪いチョコレートケーキを送ってよこした。一個だけでも一ポンドもあり、それを食べたら三ポンドも体重が増えそうな代物である。ナオミ・クレッグ教授は自分の庭で摘んだバラの花束をもってきてくれた。

昼近くにカール・マーク教授が立ちより、レイのオフィスのドアを閉めた。学校内でレイがもっとも親しくしている教授である。ロースクールに来るまでのマーク教授の道のりは不思議なくらいレイのものと酷似している。ふたりとも年齢が同じで、父親が判事をしていて、小さな郡を数十年間おさめている。カールの父親はまだ現役で、息子が家族の運営する法律事務所に参加しないことに恨みをいだいている。しかし、その恨みも年とともに薄れつつあるが、レイの父親の場合は恨みを死ぬまでもちつづけた。違う点はそこだけである。

「どうだった？」

そうたずねるカール自身、そう遠くないうちに同じ理由でオハイオに帰省しなければならなくなるだろう。

レイの話は、静まりかえった実家の様子からはじまった。彼は老判事を見つけたときのことを思いだしながら語った。

「見つけたときは死んでいたのかい？」

マーク教授は矢継ぎ早に質問した。

「死期を自分で早めたっていうのかい？」

「おやじは痛みで苦しんでいたからね。そういうことだと思う」

「ワオ」

レイの口からいろんなことが語られた。レイ自身、先週の日曜日以来一度も思いださないことがたくさんあった。言葉がせきを切ったように口から出てきた。語ることがいつのまにか癒やしになっていた。カールは聞き上手だった。

レイは弟のフォレストと父親の親友のハリー・レックスのことを事こまかに話した。

「うちの実家には、そんな途方もないキャラクターはいないな」

マーク教授が言った。都会出の同僚たちを相手に、教授たちが自分の出身地である小さな街を語るときは、とかく登場人物の人柄を脚色しておもしろくするものである。しかし、フォレストとハリー・レックスにかぎりそんな必要はない。ふたりともみごとなまでに個性的なのである。

通夜、葬儀、埋葬式。棺をおろす段の話になると、ふたりの目は涙で潤んだ。

マーク教授は勢いよく立ちあがって言った。

「残念なことだが、大往生だね」

「終わってむしろよかったと思う」

「とにかくお帰り。明日ランチでもいっしょにどうだい？」

「明日って何曜日だっけ？」

「金曜日だけど」

「分かった。ランチだな」

昼の反トラスト法のクラスで、レイはデリバリーのピザをとりよせ、それを中庭で学生たちといっしょに食べた。十四人の学生のうち、十三人が出席していた。そのうちの八人が二週間後に卒業する。学生たちは最終テストの結果よりも、レイの父親の死のことを気にしていた。しかし、それもすぐ終わるだろう。

ピザを食べ終わったところでレイがお開きを告げると、学生たちは散っていった。だが、女子学生のカレーだけはもたもたしていた。この何カ月間か、彼女はいつもそうだ。

和気あいあいとしていても、学生と教授陣たちのあいだには不可侵の領域がある。それを侵すつもりなど毛頭ないレイ・アトリー教授だった。教授職に満足している彼は、教え子とおかしな関係をもってその地位を危うくするようなことはしたくなかった。しかし、二週間したらカレーはもう学生ではなくなり、たんなる卒業生のひとりになる。そしたら、規律に縛られることはなくなる。

彼女の誘いはここのところますます露骨になっていた。なんでも受け入れると言いたげな笑みに、視線をそらすタイミングが一瞬遅れる日。クラスが終わったあとで身の上相談に来たり、用事がないかとレイのオフィスに立ちよったりする。

成績は中ぐらいだが、なかなかの美人である。うしろ姿は道行く人の足を止めるほど綺麗だ。ブラウン大学ではホッケーとラクロスの選手でならしただけあって、すらりとしたスポーツ選手の体型をしている。二十八歳の未亡人で、子供はなく、夫の死にともない、かなりの額の遺産を受けとっているらしい。ケープコッド沖で墜落死した夫が操縦していたグライダーのメーカーからふんだくったものだ。羽がふたつに折れたグライダーにつながれたままカレーの夫は二十メートルの海底で発見された。

レイは事故の報告書をオンラインで調べたことがある。彼女が訴訟を起こしたロードアイランドでの法廷記録も読んだ。それによれば、彼女は四百万ドルの一時金と、この先二十年間、毎年五万ドル受けとることで和解している。ただし、レイは、この情報を他言したことはない。

ロースクールに入学してきてから二年間ずっと男子学生を追いかけていた彼女だが、現在ではターゲットを教授たちにしぼっている。レイは同じように彼女につきまとわれているふたりの同僚を知っている。しかし、そのうちのひとりは結婚したばかりで、別のひとりもレイ同様に警戒心を強めている。

レイと彼女は最終試験のことをあれこれ話題にしながら、ロースクールの玄関までやってきていた。彼女はさりげなくレイにすりより、教授と学生のあいだの不可侵の領域をウオームアップしていた。彼女がなにをしたいのか、レイに分からないはずはなかった。

「わたしも空を飛んでみたい」

彼女は突然言いだした。

よりによって空を飛ぶとは。レイは思わず彼女の若い夫とその悲惨な死の光景を頭に浮かべた。しばらくのあいだなにも言えなかったが、ようやくにっこりしてこう言った。

「だったら、航空券を買えばいいだけの話さ」

「いいえ、そうじゃないんです。小型機で先生といっしょに飛びたいんです。飛んでいっしょにどこかに行きましょうよ」

「どこかって、とくに希望はあるのかな?」

「あたりを飛びまわりたいだけ。わたしもレッスンを受けようかしら」

「わたしはもっと月並みなデートを考えていたんだけどね。きみが卒業してから昼食か夕食をいっしょにするとか」

彼女はさらに一歩レイに近よった。もしこの場を通りかかった者がいたら、教授と学生が怪しい話をしているとにらんだにちがいない。

「卒業まであと十七日もあるんですよ」

結ばれるまでそんなに長く待てない、と言いたげな彼女の口調だった。

「では、卒業の次の日に夕食というのはどうだね？」

「そんなのいやです。規則なんてどうだっていいじゃないですか。わたしがまだ学生のうちに夕食をいっしょにいただきたいわ」

レイはあやうく「そうしようか」と言いそうになった。

「それはできないな。規則は規則、法律は法律なんだ。それを学ぶためにわれわれはここに来ているんじゃないか」

「そう言われればそうですね。でもデートはしましょうね」

「ううん」

レイは中途半端な返事をしてから言った。

「そうしよう」

カレーはもう一度にっこりしてからその場を去っていった。レイは彼女のうしろ姿を見ないようにしようと思ったが、その色気たっぷりにふる優雅な尻を称賛しないわけにはいかなかった。


街の北にあるレンタカー会社に申しこんだところ、一日六十ドルのバンが配送されてきた。数時間しか使わないので半日分の料金を交渉したのだが、やはり六十ドルだった。レイはその車を一キロほど走らせ、チェイニーズ貸し倉庫社の前で止めた。

貸し倉庫というのは、石灰岩のブロックを積みあげてつくられた長方形の建物で、周囲をキラキラ光る有刺鉄線が囲んでいた。外灯の柱にはビデオカメラが据えつけられ、駐車してオフィスのなかに入っていくレイの姿もちゃんととらえていた。

いろんな種類のスペースが空いていた。縦十メートル、横十メートルの倉庫は月四十八ドルだった。暖房なし換気なしで、ドアは上から引きおろすシャッター式。照明はじゅうぶんすぎるほど明るかった。

「防火はどうなっているんですか？」

レイがたずねた。オーナーのチェイニー夫人は受付用紙をとりだし、それに書きこみはじめた。

「万全ですよ」

チェイニー夫人は自分の唇にはさんだタバコの煙をけむたそうに払いながら答えた。

「建物はコンクリートのブロックだけでできていますからね」

チェイニーの倉庫ならすべて安全というわけだ。彼女は左手の棚の四つのモニターを指し示しながら電子監視装置の説明をした。右手の棚にはテレビが置かれ、なぐりあい寸前の討論番組が放映されていた。レイはどっちの棚が人目につきやすいか瞬時に判断した。

「二十四時間、有人監視です」

チェイニー夫人は用紙に書き入れながら説明をつづけた。

「ゲートは二十四時間施錠されていて泥棒の侵入は不可能です。万一なにかあっても保険がカバーしてくれますから。さあ、ここにサインしてください。14Bですね」

保険が三百万ドルもカバーできるはずないだろ、とレイは口に出さずに言いながら、さらさらと名前を書いた。それから六カ月分の賃貸料を払い、14Bの鍵を手にした。

札束は空気や水を通さない一キロ用のフリーザーバッグに詰めこまれていた。しかし、ひと袋に入る量はかぎられ、計五十三袋にもなってしまった。これら五十三袋を六つの段ボール箱に分け入れ、その上を書類やファイルや、レイが最近まで使っていたリサーチノートなどでおおった。彼の几帳面なリサーチが次元の高いところで役にたったわけだ。さらに、自然に見せかけるため、ペーパーバックの古本を各箱の上部に投げ入れた。

万一賊が14Bに侵入したとしても、箱の上部を掘り返しただけで貴重品はなにもないと悟るだろう。多額の現金を隠すのにこれほどの方法があるだろうか。銀行にも貸し金庫はあるが、不足していてすぐには借りられない。いまのレイに思いつく方法はこれしかなかった。

この途方もない現金の山は最終的にどうなるのか。謎は日増しに大きくなるばかりだった。一応バージニア州内の安全な場所に保管できたのだからホッとひと息つけるはずなのに、レイはぜんぜん安心できなかった。

彼はその場からなかなか離れられず、段ボール箱や運びこんだガラクタをしばらく見つめていた。

しかし、いつまで心配していてもしょうがない、しばらくはこのままにして現金のことは忘れよう、とレイは自分に誓った。しかし、誓いを立てるとすぐ、はたして誓いが守れるかどうか自信がなくなった。

レイはシャッタードアを引きおろし、新しい南京錠でロックした。彼が立ち去るところをビデオカメラがとらえ、それを警備員がモニターで確認した。

指導教官のフォグ・ニュートンは天候の急変を心配していた。リンチバーグまで往復飛行に飛び立った生徒がいたが、レーダーを見ると雷雲が急速に近づきつつあった。生徒との飛行前のブリーフィングの段階では天候に異常はまったくなかったのだが。

「その生徒の飛行経験は?」

レイがおせっかいで訊くと、フォグは重々しい口調で答えた。

「三十一時間」

嵐のなかを飛行するのにその経験ではたしかに無理だ。シャーロットヴィルとリンチバーグのあいだに空港はなく、あるのは山脈だけである。

「おまえさんは飛ばないんだろ?」

フォグは顔をあげてレイに訊いた。

「飛びたいんだけど」

「やめたほうがいい。嵐が急速に接近している。とりあえずは様子を見よう」

指導教官にとって生徒が嵐に巻きこまれたときぐらい心配なことはない。だから長距離飛行の計画は慎重におこなわれる。ルートに、時間に、燃料に、天候、緊急着陸する場合の空港、そのほか緊急時の手順。また、飛行にあたっては指導教官がいちいち書面で許可することになっている。晴れた日でも上空の冷えこみが激しいと言ってレイを着陸させたことがあるほどの慎重派のフォグなのだが、今回は予報に裏切られた。

レイとフォグのふたりは格納庫の前を通りすぎ、ランプまで歩いていった。タクシーングしてきたレアー機がちょうどエンジンを止めるところだった。丘の西側から怪しげな雲が湧きだし、風はますます強まっていた。

「十から十五ノットはあるな。正面から吹いている」

フォグが言った。こんなコンディションのなかで着陸するなんて怖いな、とレイは思った。

レアー機につづいてボナンザ機がタクシーングしてきた。近づいてきたのでよく見ると、レイがこの二カ月間恋いこがれてきた例のボナンザ機だった。

「ほら、おまえさんの飛行機が来たぞ」

フォグは言った。

「だといいんだけど」

ボナンザ機はふたりのすぐ前で止まり、エンジンを切った。ランプが静かになったところでフォグが言った。

「連中は売り値をさげたらしいぞ」

「いくらに？」

「二万五千ぐらいは値引くって聞いたけど。四十五万っていうのは高すぎたからな」

ひとりで飛行してきたオーナーが操縦席からバッグを手に降りてきた。フォグが空をながめては腕の時計とにらめっこしていたとき、レイの視線はボナンザ機にくぎ付けになっていた。

オーナーは鍵を閉めて立ち去っていった。

「あれを一度飛ばしてみたいな」

レイが言った。

「ボナンザ機をか？」

「もちろん。借りる場合の料金は？」

「それは交渉しだいさ。おれはオーナーとは知り合いだ」

「じゃ、一日借りてアトランティックシティーへ往復というのはどうだい？」

フォグは話に夢中になって、嵐のことも、それに巻きこまれているかもしれない生徒のことも忘れていた。

「本気かい、おまえさん？」

「本気じゃいけないかい。おもしろそうじゃないか」

楽しみは飛行だけではない。アトランティックシティーはギャンブルで有名だから、ポーカーもできるし、フォグにはほかのお目当てもある。

「じゃ、いつにする?」

「あさっての土曜日。朝早く出て、夜遅く帰ってくるというのはどうだい?」

フォグは急に思いだしたように時計に目をやり、空の南西方向を見上げた。そのとき飛行場の共同経営者のディック・ドッカーが窓から顔を突き出し、こちらに向かって大声をはりあげた。

「〝ヤンキー・タンゴ〟が戻ってきたぞ。残り十五キロだ!」

「やれやれ」

フォグがつぶやいた。彼の顔にようやくリラックスした表情が戻った。それから彼はレイといっしょにボナンザ機に近よった。

「土曜日だな」

「イエップ。まる一日」

「オーナーをつかまえて聞いてみるよ。話に応じてくれるはずだ」

風は一時的におさまり、運よく〝ヤンキー・タンゴ〟はそのあいまに着陸できた。フォグはさっきよりももっとリラックスした顔でにっこりした。

「おまえさんがギャンブル好きとは知らなかったな」

フォグがランプを横切るときに言った。レイは答えた。

「ブラックジャックを少したしなむだけさ」

第十七章

金曜日の朝の静けさがドアベルの音で打ち破られた。長旅の疲れからまだ抜けきれていないレイは昨日の夜もなかなか寝つけなかった。三種類の朝刊を読み、コーヒーを四杯飲んで、ようやく目を覚ましたところだった。

訪問者はハリー・レックスからの封書をたずさえたフェデックスの配達員だった。

封書には判事の崇拝者たちからの弔問カードや新聞の切り抜きが詰まっていた。レイはそれらをテーブルの上に広げ、新聞記事から読みはじめた。

水曜日付の『クラントン・クロニクル』は第一面に、黒いローブを着て小づちを手にした威厳あふれるルーベン・アトリー判事の写真をでかでかと載せていた。写真はすくなくとも二十年以上も前に撮られたものだった。判事の髪の毛はまだ黒くふさふさしていて、ローブの下の体軀も堂々としていた。見出しには〝七十九歳のルーベン・アトリー死亡〟とあった。さらに、それにかんして三種類の記事があり、ひとつは別れを惜しむ追悼記事で、もうひとつは友人たちのコメント集、三つ目は、判事のキャリアとその慈善活動を称賛するものだった。

『フォード郡タイムズ』も同様に数年前に撮った判事の写真を載せていた。写真のなかのアトリー判事はポーチのゆり椅子に座り、パイプを手に、めったに見せない笑みを浮かべていた。カーディガンを着た彼は、誰かのおじいちゃんとしか見えなかった。リポーターは彼を、〝話をいつのまにか南北戦争とネーザン・ベッドフォード・フォレスト将軍に結びつけてしまう名人〟と紹介していた。

アトリー家の息子たちのことはほとんど語られていなかった。ひとりについて書いたら、どうしてももうひとりについても書かなければならなくなる。クラントンの住民のほとんどはフォレストについての話題を避けたがる。痛ましいことだが、父親の人生に息子たちがさしたる役割を果たしていないことは明々白々だった。

でも、そのつもりがあったら、ちゃんとやれたのに、とレイは自分に向かって言った。息子たちとのかかわりを限定的なものにしてしまったのは父親のほうだった。けっしてその逆ではなかった。大勢の人たちに施しをしてきたこのすばらしい老人が自分の家族にしたことのなんと薄っぺらだったこと！

記事を読み、写真を見ているうちにレイは無性に悲しくなった。今日の金曜日は明るくしているつもりだったから、その分よけいフラストレーションがたまった。悲しみの底に沈んだ五日前からレイは唇をかみしめて気丈にふるまってきた。この五日間の時の経過と、クラントンまでの絶対的な距離が救いだった。なのに、いま、唐突に、悲しみの記念物を目の前につきつけられてしまった。

これらの書類は、ハリー・レックスが街の郵便局にある判事の私書箱や裁判所や〝メープル・ラン〟のメールボックスから集めてきたものだった。偉大な男の前で法を執行し、男の法にたいする情熱に鼓舞されたという弁護士仲間たちからの長い弔文もあった。離婚や、養子縁組や、子供の問題などで判事の世話になり、その公平さによって人生の軌道を踏みはずさずにすんだ大勢の人たちからの同情のカードもたくさんあった。州のあちこちで活躍する友人たちのよせ書きもあった。裁判所付きの判事に、ロースクールで教鞭をとる者、さまざまなレベルの政治家たち。いずれも判事が長年のあいだ助力の手をさしのべてきた者たちだ。友人たちの弔文は心からの同情と楽しい思い出話にあふれていた。

いちばん大きな束は老判事から寄付金を受けた者たちからの手紙だった。手紙の文はどれも長くて心がこもっていた。金欠で苦しんでいる人たちに判事は黙って小切手を送りつづけた。その援助金はだれかを励まし、多くの場合、だれかの人生をドラマティックに変えていた。

三百万ドルもの大金を本棚の下に隠したまま逝ってしまうなんて。人間ってこんな気前のいい死に方もできるんだ！　他人にずいぶん寄付した判事だが、その生涯の寄付の総額よりも彼がのこした現金のほうがはるかに多い。その点はまちがいない。もしかしたらアルツハイマー病か、そのたぐいの病が症状を現わさずに判事の脳をむしばんでいたのでは。それとも判事は狂気の世界にスリップしていたのか？　すくなくとも、少しおかしくなっていたというのがいちばん分かりやすい解釈だ。それにしても、これほど多額のカネをこつこつ貯めるには相当の粘り強さが必要だろう。頭のおかしくなった人間にそんなことができるのだろうか？

手紙とカードを二十通ほど読んだところで、レイはひと息入れた。ショッピングアーケードを見おろす小さなバルコニーに出て、行き交う歩行者をながめた。父親は一度もこの街、シャーロットヴィルを訪れたことがなかった。一度ぜひ来てみてくれとレイは父親に言ったことはあるものの、正式に招待した記憶はない。家族がいるわけでもない、自由で、金銭的にもゆとりがあるふたりなのに、いっしょに旅行するようなことは一度もなかった。その気さえあればなんでもできたふたりなのに。

判事はよくゲティスバーグとか、アンティータムとか、ブルランとか、チャンセラーズヴィルとか、アポマトックスの話をする。いずれも南北戦争の激戦地だ。もしレイが興味を示してさえいれば、かならず連れていってくれただろうに。だが、レイは、昔の戦争のことなどどうでもよかった。判事が先祖から受け継いでいる悔しさなどぜんぜん理解できなかった。だから、レイは、そんな話が出るたびに話題を変えてしまうのが常だった。

罪悪感にさいなまれてレイは胸が痛んだ。なんと身勝手な自分だったのだろう。

クローディアからきれいなカードが届いていた。自分に言葉をかけてくれたこと、さらに自分を許してくれたことに感謝する、とあった。レイの父親を何年にもわたって愛した彼女だ。その悲しみには特別なものがあるのだろう。しかし、こういう愛は当人が墓場まで背負っていくしかないのでは。〝どうぞ電話をしてください〟と乞うような調子で書いてあり、最後は〝抱擁〟と〝キス〟で締めくくられていた。その彼女にバイアグラを常用するボーイフレンドができたという。ああ、ああ、である。ただし、これはハリー・レックスからもたらされた裏情報にすぎないのだが。

クローディアのカードと似たようなカードがもう一枚あった。久しぶりにわが家に戻ったレイだったが、それを手にして、ノスタルジックな気分が一気に吹き飛んでしまった。中身を見たときのレイは心臓が凍りつき、全身に立った鳥肌が足の裏にまで広がった。

ピンク色の封筒はその一通しかなかった。裏側には「衷心より」とあった。内側に四角い小さな紙がテープで貼りつけてあり、その紙にはタイプでこう打ってあった。

電話一本でつながる国税局

切手の消印はクラントン郵便局の水曜日、つまり葬儀があった翌日の日付になっていた。宛て先欄には〝メープル・ランのアトリー判事一家〟とあった。

レイはとりあえずその手紙を横に置き、残りのカードと手紙に目を戻した。途中でひと息ついた。その時点でおかしなものはさっきの一通だけだった。レイはさらに読みつづけた。その横では、ピンクの封筒が、弾をこめられた銃のように彼の視線が戻ってくるのを待ちつづけていた。

レイは脅迫文の分析を試みた。バルコニーに出ては、手すりをつかんだままその一文を口のなかでくりかえした。キッチンでコーヒーを沸かすときもつぶやいていた。書斎のなかを行ったり来たりしたときは、部屋のどこからでも見えるよう脅迫文はテーブルの上に置かれていた。レイはバルコニーに戻り、ふたたび外をながめた。昼が近づいていて、人の足が速まっていた。

〈もしこちらを見あげるやつがいたら、そいつは現金のことを知っている人間だ！〉

レイは神経がピリピリして感じやすくなっていた。無理もない。これほどの大金を隠したら、それもだれかの目をかすめてやったとしたら、だれだってプレッシャーで頭がおかしくなるだろう。

カネは自分のものではない。だから、ストーカーされ、あとをつけられ、見張られ、報告されるのは当然なのだ。

〈無事ではいられないかもしれない〉

そう考えつつも、レイは自分の被害妄想ぶりを笑いとばした。わたしはそんなふうにはならない、と独り言をつぶやきながら、彼はシャワーを浴びにバスルームへ向かった。

賊がだれにしろ、そいつは判事が現金を隠した場所を正確に知っている。そこがキーポイントだ。素っ裸のレイは、床にポタポタ水滴をたらしながら、ベッドのはじに腰をおろし「犯人の心当たりをリストするんだ！」と自分に命じた。

週に一度庭の芝を刈りにくる服役囚。もしかしたら彼は口がうまい男で、判事に取り入ってしょっちゅう屋敷のなかに入っていたのかもしれない。だとしたら、判事がお忍びでカジノへ行っているときなど、屋敷へ侵入するのは朝飯前だったろう。おそらく彼は屋敷内を動きまわり、あちこちでガサゴソやっていたのかもしれない。

クローディアこそ容疑者リストのトップにあげられてしかるべきだ。判事に呼ばれるたびに屋敷に気安く入ってくるクローディアの姿が目に浮かぶようだ。二十年間もいっしょに寝てきた女を突然遠ざけるなんてなかなかできるものではない。代わりでもできたなら話は別だが。長いあいだ夫婦同然の生活を送ってきたふたりなのだから、その後も関係がつづいていたと考えてもおかしくはない。この世にクローディアほどアトリー判事に近い人間はいない。カネの出所を知っている人間がいるとしたら、彼女をおいていない。

もし彼女が屋敷の鍵をほしいと思えば、いつだって手にできた。もっとも、鍵など要らない屋敷だったが。葬儀の日の午前中に彼女がメープル・ランにやってきたのも、悲しみを分かちあいたくて来たのではなく、様子を調べるためだったのかもしれない。それにしては演技がうまかった。頭がよくて、知識があって、タフで、冷血で、老練な女。だが、彼女はまだ老いぼれてはいない。レイは十五分間クローディアを分析した。その結果、彼女こそカネを追ってレイをおびやかしている犯人にちがいないと確信するに至った。

ほかに、ふたりの人間の名前が頭に浮かんだ。だがレイは、それらをリストに入れるのをためらった。そのひとりはハリー・レックスで、彼の名を口にした瞬間、レイは自分の無定見を恥じた。もうひとりの名は弟のフォレストだった。彼の名をあげるのも同じ意味でバカげていた。フォレストはもう九年間も実家の敷居をまたいでいないのだ。一応、理屈として、彼が隠し金の存在を知っていたと仮定してみよう。もしそうだとしたら、彼が現金をそのままにしておくはずがないではないか。年中のどから手が出るほどカネをほしがっている男なのだ。レイの先回りをしてカネをせしめているはずだ。それに、三百万ドルもの現金をもしフォレストが手にしたら、彼は自分で自分の命をすり減らすことになる。彼の周囲の人間も同様の被害にあうだろう。

さんざん考えた末にできたリストだが、とくに目新しいものはなかった。もう一度検討したいところだったが、レイはそうするかわりに、古着をふたつのピローケースに詰めこみ、チェイニーの倉庫に向かって車を走らせた。倉庫に着くと、もってきた衣類を14Bのなかに運びこんだ。

箱も中身も無事だった。前の日に置いたままになっていた。現金はうまく隠されたままだった。

その場を去りがたく、現金の箱を見ていてレイはハッと気づいた。

〈だれかに尾行されてはいなかったか〉

彼が父親の書斎から現金をもちだしたことはすでに誰かに知られている。現金がこれだけの額であることを思えば、その誰かが私立探偵を雇ってレイをつけさせていたとしてもおかしくない。

クラントンからシャーロットヴィルまでつけられていたのかもしれない。だとしたら、アパートから貸し倉庫までもつけられていた可能性がある。

うかつな自分をレイは呪った。

〈もっと頭を使うんだ！　とにかくあのカネは自分のものではないのだから！〉

レイは14Bの鍵をしっかり閉め、ちゃんと施錠されているかも確認した。

マーク教授と約束した昼食をとりに、車で街を横切りながら、レイはバックミラーから目を離さなかった。五分つづけてそうしたあとで、ばかばかしくなって笑いだした。そして誓った。

手負いの動物みたいにビクビクしながら生きるのはやめようと。

あんなカネ、そんなにほしいならくれてやればいい！　神経をすり減らす価値などまったくない。14Bに押し入ってカネを残らずもっていけばいい。あんなものがなくなったからといって、いまの生活を失うわけではない。彼はいぜんとして大学教授であり、恵まれたエリートなのだ。その立場にゆるぎはない。

第十八章

ボナンザ機によるアトランティックシティーまでの予定飛行時間は八十五分である。いままでレイが借りていたセスナ機よりちょうど三十五分早く着く。

土曜日の朝早く、レイとフォグは飛行前の点検作業をおこなっていた。その場に居合わせた飛行場の共同経営者のディック・ドッカーとチャーリー・イーツは紙コップのコーヒーを手にしながら、自分たちが飛ぶわけでもないのに、ボナンザ機の周りを歩きまわり、ああでもないこうでもないと差し出がましく口をはさんでいた。その日の午前中は生徒はいなかったが、レイがボナンザ機を買うらしいとのうわさが飛行場内に広まっていた。だから、関係者として彼らもボナンザ機をよく見ておきたかったのだ。格納庫内のうわさ話はコーヒーショップ内のうわさ同様にすぐ尾ひれがついてしまうらしい。

「連中はいくらで売るって言ってるんだい?」

ドッカーがつばさの下をのぞきこんで訊いた。そこではフォグ・ニュートンが燃料タンクに水とゴミがたまっていないか調べているところだった。

「四十一万までさげたけど」

フォグが放っておいてくれと言いたげな口調で答えた。彼はいま重要な飛行前の点検中なのだ。飛ぶのは、彼らではなくて、自分たちなのだから。

「それでもまだ高いな」

イーツが口をはさんだ。ディック・ドッカーが言った。

「こちらから買い値をオファーしたらいいよ」

「よけいなお世話さ。自分たちの仕事のことでも考えていろよ、あんたたち」

レイは顔も向けずにぴしゃりと言った。いまちょうどエンジンオイルのチェック中なのだ。

「これもおれたちの仕事さ」

イーツがそう言うと、みんながいっせいに笑った。

おせっかいな口出しのなかで飛行前の点検は無事にすんだ。フォグが先に乗りこみ、シートにすべりこんでバックルを締めた。そのあとにつづいて副操縦席についたレイはドアをがっちり閉め、錠をおろし、ヘッドセットを頭につけて実感した、これこそ完璧な飛行機だと。

二百馬力のエンジンはスムーズに始動した。チェックリストによる離陸前の点検を終えたところで、ふたりでゆっくり確認していった。計器類やラジオが正常に働いているかどうか、フォグがタワーを呼びだした。上昇を終え上空に達したら、操縦はレイに任されることになっていた。

風はほとんどなく、雲はまばらで、絶好の飛行日和だった。スピードが百十キロに達したところで、機は滑走路から離れた。車輪があげられ、一分間に二百四十メートルの割合で上昇をつづけ、やがて予定巡航高度の千八百メートルに達した。そのころまでにレイが操縦桿をあずかり、フォグが自動操縦装置や天候レーダーや衝突防止装置について説明した。

「なんでもそろっている飛行機だ」

フォグは一度ならずつぶやいた。

昔は海軍の新鋭戦闘機を飛ばしていたフォグだが、この十年間はちっぽけなセスナ機の操縦に身をやつしてきた。その間の教え子はレイをふくめて千人にものぼる。そこへいくと、ボナンザ機は単発機の〝ポルシェ〟である。フォグも操縦する機会に恵まれて満足そうだった。

航空管制局から指定されたルートはダラスやレーガン・ナショナル空港の混雑を避けてワシ

ントンの南東を通るものだった。千八百メートルの上空から、五十キロほど離れたところに議事堂のドームが見えた。それから機はチェサピークを越え、遠くの地平線にボルチモアを見ながら飛んだ。湾の眺めはすばらしかった。しかし、飛行機の内部のほうがずっと興味深かった。レイは自動操縦にたよらずに手動で操縦をつづけた。コースをそれないようにしながら、指定された高度を保ち、ワシントンの管制塔と話しつつ、フォグのおしゃべりに耳を傾けた。フォグは休むことなくボナンザ機の性能を説明しては、レイの操縦技能に点数をつけつづけた。

ふたりとも、いつまでも飛んでいたかった。が、アトランティックシティーは目の前に迫っていた。レイは機を千二百メートルへ、さらには九百メートルへと降下させていった。それから操作をアプローチフリークエンシーに切り替えた。滑走路が見えてきたところで、フォグが操縦を代わった。着陸はスムーズで完璧だった。一般用のランプに機を移動させる途中、二機のセスナ機とすれちがった。

〈あれはもう卒業だ〉

レイはひそかにほくそえんだ。パイロットなら誰でもさらに格上の飛行機を夢見るものだ。レイの心はもう決まっていた。

アトランティックシティー。板敷きの歩道でつながる数あるカジノのなかでフォグのお気に入りは《リオ》である。ふたりは昼に二階のカフェで落ちあう約束をすると、好きずきに別れた。自分のギャンブルはあくまでもプライベートなものにしたかったからだ。

レイはスロットマシンのあいだをぶらつき、いろんなギャンブルが展開されるテーブル群を見まわした。土曜日で、《リオ》の内部は混雑していた。レイはひとまわりしてから、さりげなくポーカーのテーブルの横を通りすぎた。チップの束をにぎりしめたフォグが、テーブルに群がるギャンブル客たちのなかに埋もれてカードに夢中になっていた。

レイのポケットには五千ドル入っていた。クラントンから運んだ現金の束のあちこちから抜きとってきた百ドル札五十枚である。彼の今日の目的は、板敷き沿いのカジノに札をばらまき、それが偽札でないことと、しるしがついていないこと、および追跡されないことを確かめることにあった。先週の月曜日の夜チュニカで百ドル札を使って、札が本物であることはほぼ分かっている。

彼はいまでは札にマークがつけられていたほうがいいとさえ思っている。もしつけられていたらFBIが動きだす。彼らはカネの流れを追跡してレイにたどりつくはずだ。そのときは、彼にカネの出所を明かしてくれるだろう。レイ自身は法を犯すようなことはなにもしていないのだ。問いただされるべき人間は故人となってしまった。彼が怖がる必要はぜんぜんない。FBIよ、エサに食らいつけ！

ブラックジャックのテーブルに空いている席がひとつあった。レイはその席に着くと、百ドル札をテーブルの上に五枚置いた。

「グリーン」

レイはベテランを気取って言った。

「五百ドルをこまかくしたいんですか？」

ディーラーは顔もあげずに言った。

「こまかくしてさしあげなさい」

やりとりを聞いていたディーラーの上役が口を出した。レイが周囲を見まわすと、どのテーブルにも客が群がっていた。スロットマシンの電子音がフロア一面にこだまする中、遠くのサイコロ賭博のテーブルは熱気でもりあがり、興奮した男たちが、サイコロがふりおろされるたびに奇声をあげていた。

ディーラーがレイの札をとりあげたとき、レイはドキッとして体が硬くなった。テーブルを取り囲むほかの客たちは、百ドルの札びらを切る男の動きを称賛のまなざしで見守っていた。彼らはせいぜい五ドルか十ドルのチップを賭けて遊ぶごく普通の人たちなのだ。

レイの札が全部本物であることを確認したディーラーは、グリーンの二十五ドルチップを五百ドル分かぞえてレイの前に積んだ。プレー開始最初の十五分間でレイはその半分をすってしまった。そこで彼は気分を変えるためアイスクリームを食べに席を立った。ギャンブル資金は二百五十ドルに減ってしまったが、心配することなどなにもなかった。

レイはもりあがっているサイコロ賭博のテーブルに近より、その混乱ぶりをながめた。こんな複雑なギャンブルにうつつを抜かす父親の姿など想像したくてもできなかった。だいいち、サイコロ賭博のやり方などミシシッピー州フォード郡のどこで習えるというのだ！

以前に本屋で買ったギャンブルのガイドブックによると、サイコロ賭博の基本的な賭け方は〝カムベット〟というやり方だとあった。レイは勇気をふりしぼってふたりの客のあいだに割りこみ、残りのチップ全部をパスラインの上に置いた。ふりおろされたサイコロの目は両方とも6だった。賭け金全部がディーラーによって回収された。きりがよかったのでレイは《リオ》を出て、となりのカジノ《プリンセス》に向かった。

カジノの内部の様子はどこも似たりよったりである。老人たちがなけなしの小銭をにぎってスロットマシンと勝ち目のないにらめっこをしている。ブラックジャックのテーブルを囲むのは無料のビールやウイスキーをすするおとなしい客たちだ。そこへいくと、サイコロ賭博のテーブルはどれも不気味にもりあがっている。真剣な顔をしたギャンブラーたちがサイコロの動きに合わせて声をあげる。ルーレットにはアジア人の顔が多く見られる。そんな中、太ももや背中を丸出しにしたカクテルウエイトレスたちが会場中を動きまわり、あっちのテーブル、こっちのテーブルに飲み物を運んでいる。

レイは同じ作業をくりかえすべくブラックジャックのテーブルを選んだ。彼が二番目のカジノに用意した五百ドルがディーラーの検査をパスした。レイはまず最初の手に百ドル賭けてみた。しかし、今度は負けるかわりに逆に勝ちだした。

札を早く検査させたかったから、チップがたまるのを喜んでいるわけにはいかなかった。それでもツキが落ちず、ギャンブル資金が倍増したところで彼は百ドル札をもう十枚とりだし、百ドルチップに替えてくれるよう頼んだ。ディーラーは上役に相談した。上役はふくみ笑いを浮かべて言った。

「グッド ラック」

一時間後、レイがテーブルをあとにしたとき、彼の手には二十二枚もの百ドルチップがにぎられていた。

次の訪問先は《フォーラム》だった。いかにも古くさい外観。館内にはタバコのにおいを消すための安い香水の匂いが立ちこめている。高齢者がここの客層である。だからここには二十五セント硬貨用のスロットマシンがたくさんあり、六十五歳以上のお年寄りには、朝食、昼食、夕食のどれかが無料になるサービスがついている。カクテルウエイトレスも四十の下り坂の者が多く、さすがに太ももや背中を出すのはひかえている。というよりは、トラックスーツのようなものを着て、それに合うスニーカーをはき、会場のあちこちを忙しそうに動きまわっている。

ここでのブラックジャックの賭け金の上限は一回十ドルである。だから、レイに百ドル札をテーブルに置かれたディーラーはびっくりした。ただそれだけでなく、ディーラーはついに偽札を見つけたと言わんばかりのしぐさでレイの札を明かりにかざした。上役も検査に加わった。

レイはリハーサルしておいた文句を口にした。

「その札は《リオ》でもらったものだけど、なにかおかしいのかい？」

「大丈夫。プレーしてけっこうです」

上役の許可がおりてゲームがはじまった。レイは一時間のプレーで三百ドルすった。


サンドイッチをほおばるためにふたりがカフェで落ちあったとき、フォグはツキまくってカジノを倒産させそうだとホラを吹いた。レイは負けがこんで残り百ドルになっていたのに、ギャンブラーの例にならって、ちょっと勝っていると見得を切った。ふたりはアトランティックシティーを五時に出てシャーロットヴィルに向かうことに同意した。

最後に、板敷き通りの最新のカジノ《キャニオン》を訪れたレイはそこの五十ドルテーブルで手持ちの現金を全部チップに替えた。しかし、ちょっとプレーをしただけですぐあきてしまったので、スポーツバーへ行き、ソーダをすすりながら、ラスベガスから中継されているボクシングの試合を見て時間をすごした。アトランティックシティーへもってきた五千ドル分の札はきれいさっぱりギャンブルシステムのなかへ消えていった。

広範な手がかりを残しながら、チップから替えてもらった四十七枚の百ドル札をもって帰ることになる。訪問した七カ所のカジノでビデオにも撮られている。うち二カ所では、チップを現金化するときに書類に書きこんでサインもしてきた。さらに別の二カ所では自分のクレジットカードを使って小銭を引き出しておいた。より多くの証拠を残しておくためだ。もし札にマークがつけられているなら、使い主がだれで、どこを探せば見つかるか簡単に分かるはずだ。

空港に向かうときのフォグは口数がすくなかった。彼は午後になって急にツキが落ちたのだという。

「二百ドルくらいすったかな」

フォグはようやく負けを認めたが、彼の態度からして本当はもっとたくさんすったらしかった。

「おまえさんはどうだったんだい？」

「わたしのほうがツイていた」

レイが答えた。

「今日の飛行機レンタル代を払えるくらい勝ったかな」

「それは悪くないな」

「だからといって、現金で払えると思わないでもらいたいな。どうしようか迷っているところなんだから」

「キャッシュで払うほうがカッコいいぞ」

フォグは身を反らして言った。

「じゃ、キャッシュにしようかな」

飛行前の点検のとき、フォグはレイに左の操縦席に座りたいかどうか訊いた。

「連中には、それもレッスンのうちだって説明するから大丈夫」

キャッシュでの取引の話にフォグは急に元気づいていた。

定期便の小型機二機のあとにつづいてレイはボナンザ機を定位置までタクシーングし、滑走路がクリアになるのを待った。フォグが間近で見守るなか、レイは、百十キロまで加速したところで操縦桿を押した。機はスムーズに上昇した。ターボチャージャー付きのエンジンはセスナ機の倍もパワフルに感じられた。機は難なく二千百メートルの上空に達した。ふたりの気分は高揚した。世界の頂点に君臨する心地だった。


レイとフォグが飛行終了の報告をしにオフィスに戻ってみると、ディック・ドッカーは椅子にもたれてうたた寝をしていた。びっくりして跳ね起きた彼はあわててカウンターにやってきた。

「早いじゃないか」

ディック・ドッカーは寝ぼけまなこでつぶやき、引き出しから用紙をとりだした。

「カジノを破産させてきたんだ」

レイが言った。フォグはすでに飛行学校の教室のなかに消えていた。

「本当かい？」

レイは飛行台帳をパラパラとめくった。

「飛行メーターのトータルは三・六時間。地上にいたのは七時間」

「いまこの場で払うのかい？」

ディックが数字を書きこみながら訊いた。

「そのとおり。キャッシュで払うから割引してもらいたい」

「さあ、そんな割引あったかなあ」

「いまつくったらいいよ。十パーセントでどうだね？」

「まあ、いいだろう。そうだな、キャッシュディスカウントは昔からあるからな」

ディック・ドッカーはもう一度計算しなおして言った。

「トータルで千三百二十ドル」

レイは札束をとりだし、かぞえはじめた。

「二十ドルなんて半端はもってない。はい、百ドル札が十三枚」

札をかぞえなおしながらディックが言った。

「今日、見たことのない男がやってきて、レッスンを受けたいって言いやがるんだ。そのとき、どういうわけかおまえさんの名前があがったんだけど」

「だれだね、そいつは？」

「はじめて見る顔だった」

「わたしの名前がどうしてあがったんだい？」

「それがちょっと妙な話なんだ。おれが費用のことなどを説明していると、そいつが突然、おまえさんが飛行機を所有しているのかどうか訊きやがるんだ。おまえさんとはどこかで知り合った仲だと言っていたな」

レイはカウンターに両手をついた。

「名前は訊いてあるんだろ？」

「訊いたさ。ドルフとかなんとか言ってた。やつはあまりはっきり言わなかった。帰るときになって急に疑わしい行動をとりだしたんだ。おれが見ていると、駐車してあるおまえさんの車をのぞきこみ、その周りを回っていまにもドアをこじ開けそうな雰囲気だった。そのあとすぐいなくなったけど。ドルフっていう男、知ってるのかい？」

「ドルフなんてやつ知らないな」

「おれも知らない。ドルフなんて聞いたこともない。さっきも言ったように気持ち悪いヤローだった」

「どんな風体だった？」

「五十くらいで、チビで、痩せていて、髪の毛は灰色で、ギリシャ人かそこいら辺の人間みたいに黒い目をしていたな。タイプとしては自動車のセールスマンといったとこかな。先のとがった靴をはいていた」

レイは首を横に振った。心当たりはまったくなかった。

「どうして一発ぶち込んでやらなかったんだい？」

「うちの客になるかもしれないからな」

「あんた、いつから客に親切になったんだい？」

「それより、おまえさん、ボナンザ機を買うんだって？」

「いや、それは夢のなかの話さ」

フォグが戻ってきて長距離飛行の無事を祝った。そして、いつものことだが、もう一度やろうと約束しあった。

飛行場を去るレイはうしろに車がつくたびに警戒心を強め、曲がり角ごとに待ち伏せされていないか気をつけた。

彼がだれかにつけられているのは確かだった。

第十九章

それから一週間がすぎた。その間ＦＢＩからの接触もなかったし、財務省のエージェントがドアをノックしてバッジを見せるようなこともなかった。ドルフの影もなかったし、つけまわす者もいなかった。毎日、朝の八キロのジョギングと、ロースクールの教授職をこなす正常な一週間だった。

その後レイはボナンザ機を三回操縦した。教官のフォグは毎回右側の副操縦席に座った。そして毎回レッスン料とチャーター代は現金で支払われた。

「カジノのカネだから」

レイはニヤリとしてそう言ったが、これは決してうそではなかった。フォグは負けを取り返すため、さかんにアトランティックシティーに行きたがっていた。レイはもう興味がなかったが、悪いアイデアではなかった。

〈もう一度あのツキに恵まれたら、レッスン代とチャーター代がまたまたキャッシュで払えるじゃないか〉

三百万ドルの現金は現在37Fの貸し倉庫に移されている。14Bもまだ彼の名前で借りたままで、中に古着やオンボロ家具がぶちこまれている。37Fの借り主はNDY、飛行場の三人の名の頭文字を無断で借用したものだ。37Fの申込書のどこにもレイの名前は出てこない。彼は三カ月分を即金で前払いしていた。

「秘密にしておきたいんです」

借りたとき、レイはチェイニー夫人に条件をつけた。

「うちはすべてが秘密ですよ」

チェイニー夫人は陰謀に参加するような目でレイを見た。

〝あなたがなにを隠しても知っちゃいないわ。倉庫代を払ってくれればそれでいいのよ〟

彼女の目はレイにそう言っていた。

手続きがすむと、レイは夜の暗さにまぎれて、まず、箱をひとつ14Bから37Fに移した。その様子をガードマンが遠くからながめていた。37Fは形も大きさも14Bと同じだった。無事ぜんぶ移し終えると、レイは自分に誓った。

〈倉庫に毎日顔を出すようなことはするんじゃないぞ〉

また、実際にやってみてはじめて思い知ったことがある。

〈三百万ドルの現金を動かすって本当に大変なことなんだ〉

ハリー・レックスから電話はなかった。代わりに、弔文の手紙やカードの束がフェデックスの一夜便で届いた。レイはその一通一通を読まざるをえなかった。すくなくとも目は通さなければならなかった。また怪文書が入っていないともかぎらないからだ。しかし、今回は一通もなかった。

期末試験が終わると、夏休みを迎え、ロースクールは急に静かになる。レイはクラスの学生全員に〝グッバイ〟を言った。ただひとりだけ、それが言えない学生がいた。例の女子学生カレーだ。彼女は期末試験後も夏のあいだずっとシャーロットヴィルにとどまるとレイに告げ、卒業前にデートをしたいとふたたび迫ってきた。

「規則を破ったからどうだって言うの」

彼女はふてくされていた。

「きみが卒業するまで待とうじゃないか」

レイは自分の姿勢を崩さなかった。しかし、本音はもう負けてもいいと思っていた。ふたりはレイのオフィスのなかで話していた。が、ドアは開けてあった。

「あと六日もあるんですよ。それまで待つんですか？」

「そのとおり」

「だったら、人目を避ければいいんでしょ？」

彼女は欲望をむき出しにして言った。

「いや、だめだ。まず卒業するのが先。デートはそのあとだ」

カレーはいつもの謎めいた笑みを残してオフィスを出ていった。困った子だ、とレイはそのときあらためて思った。脚の線にぴったりのジーンズをはき、尻を振りながら去っていく彼女のうしろ姿を廊下に出て見送るレイを同僚教授のカール・マークがつかまえて言った。

「悪くないじゃないか」

レイはちょっとバツが悪かったが、彼女のうしろ姿から目が離せなかった。

「じつは、追いかけられてるんだ」

「あんただけじゃないからな。気をつけたほうがいいぞ」

ふたりはレイのオフィスの前の廊下に立ったまま話をつづけた。マーク教授が妙な形の封筒をレイに差しだした。

「これは断わったんだろ？」

「なんだい？」

「バカげたパーティーへの招待状さ」

「なんだって？」

レイは封筒から招待状をとりだした。

「最初にしておそらく最後の妙ちくりんなパーティーだろうね。ピードモントの野生鳥類の保護のためのパーティーだそうだ。ブラックタイ着用だとさ。主催者の名前を見てみろよ」

レイは声を出してゆっくり読んだ。

「ヴィッキーとルー・ロドイスキーが衷心よりご招待……」

「乗っとり屋が鳥類保護に乗りだしたらしい。いい気なもんじゃないか」

「カップルで五千ドルだと！」

「シャーロットヴィルの新記録じゃないかな。招待状は学長にも送られてきている。学長はAリストに載っているんだが、おれたちは違う。〝カップルで五千ドル〟には学長夫人も開いた口がふさがらないらしい」

「どんなことにも驚かない彼女がかい？」

「驚かない女だとわれわれが勝手に思っていただけなのかもしれない。パーティーには二百組参加させたいらしい。百万ドル集めて使い道を公表するそうだ。とにかくそういう計画なんだが、学長夫人は頼みこまれて三十組まで見通しをつけたらしい」

「それで彼女自身は行くのかい？」

「いや、参加しないので学長もひと安心している。招待された正式なパーティーを断わるのはこの十年間で今回がはじめてだそうだ」

「ドリフターズのライブ演奏だと？」

招待状に目を通してレイが言った。

「そのギャラだけでも五万ドルはかかるはずだ」

「バカバカしい」

「シャーロットヴィルもナメられたものさ。ウォールストリートから流れてきたやっこが若い嫁さんをもらい、どでかい牧場を買い、周囲にカネをまき散らしてちっぽけな街の大物になりたがっている」

「わたしはもちろん行かない」

「歓迎されないだろうからな。でも、それはとっておけよ」

マーク教授はそう言っていなくなった。招待状を手に自分のオフィスに戻ったレイは足を机の上に投げだし、身を反らせて目を閉じた。やがて彼は白昼夢の世界に入っていった。

背中の大きく開いた黒いドレスを着たカレー。すらりとしていて、腰まで裂けたスリットから長い脚と太ももがのぞく。乳房の線ぎりぎりのVネック。ヴィッキーよりも十三歳も若く、人をよせつけないような豪華さ。ダンスフロアに立つ彼女はヴィッキーの何倍も目立つ。ドリフターズのモータウンサウンドに乗って彼女のステップの相手をするのは踊りがまんざらでもないレイ自身である。会場の招待客たちがふたりの踊りに見とれてささやく。

「だあれ、あのふたり？」

ヴィッキーが悔しがって、乗っとり屋の老いぼれルーをフロアに引きずりだしてくる。ブランドもののタキシードを着たルーは、そのみっともなく突き出た腹を隠せないまま動きだす。灰色の髪を耳の下まで伸ばしているルー。鳥類保護などという思いつきで街の尊敬を買おうとしている愚か者。動きが緩慢で踊りにならないルー。まるでダンプトラックだ。百万ドルのドレスを身につけ、骨と皮だけに痩せた体を丸出しにしているヴィッキー。寝取った女を自慢げに見せびらかすルー。

レイとカレーのカップルはヴィッキー夫婦より何倍も輝き、踊りも決まっている、ということは？

〈パーティーに乗りこんでいくのも悪くないか〉

でも、やめたほうがいいだろう。いまは片時も目が離せない現金がある。くだらないことに時間を使っている場合ではない。

首都ワシントンへは二時間のドライブで着く。沿道には風光明媚《めいび》なところが多く、ドライブは楽しい。しかし、レイの旅行スタイルは最近すっかり変わってしまった。

彼はフォグといっしょにボナンザ機を三十八分間飛ばしてレーガン・ナショナル空港に着いた。事前に着陸許可を得ていても、この混雑した空港ではいやいやしか受け入れてもらえない。今回も管制官はつっけんどんで迷惑そうだった。

レイはタクシーに飛び乗ると、十五分後にはペンシルベニア大通りの財務省のビルに足を踏み入れていた。

義理の弟が財務省で役人をしている同僚教授の手配だった。財務省印刷局のオリバー・タルバート氏がアトリー教授を自分のしっくりしたオフィスに温かく迎えてくれた。リサーチのテーマはいまひとつはっきりしなかったが、専門家の知恵と時間を借りたいとの教授のふれ込みだった。タルバート氏は当の義理の弟ではなかったが、専門家ということでその役割をおおせつかっていた。

ふたりは偽札の話題から話をはじめた。タルバート氏は最近の偽札事情をおおまかに説明した。コンピューターで制御された印刷技術の進歩が諸悪の根源であると解説された。精巧な偽札のサンプルがとりだされた。タルバート氏が虫めがねを使ってわずかな違いを指摘した。ベンジャミン・フランクリンのひたいの線の欠落、背景に走る細い線がかすれていること、通し番号のインクが染み出している点、などなど。

「これはとてもよくできている」

タルバート氏は言った。

「最近の偽札はどんどんよくなっている」

「これはどこで見つかったんですか？」

リサーチにしては妙なレイの質問だった。タルバート氏はディスプレーボードの裏のタグを見て答えた。

「メキシコです」

その話題はそれで終わった。

偽札技術に追いつかれないよう財務省は独自の技術開発に多額の投資をつづけている。ホログラフの効果をもたらす印刷機。透かし模様。可変色インク。瞬時にして偽札の欠陥を指摘するスキャナー、などなど。偽札をなくすもっとも効果的な方法は札の色をいっせいに変えることである。グリーンにしたり、黄色にしたり、ピンクに変えたりして、古い札をいっきょに引きあげ、ある時点からいっせいに新しい札にすれば偽札は使えなくなるわけである。それがタルバート氏の意見だった。

「でも議会が承認しないだろうね」

そう言ってタルバート氏は首を横に振った。

レイがここに来た目的は、しるしをつけられた札がどう追跡されるのか、その辺の事情を調べることだった。話題はようやくそこにたどりついた。実際は札にしるしがつけられるわけではない、とのタルバート氏の説明だった。理由は簡単だ。もし札についているしるしが犯人に気づかれたら、しるしをつけた目的が果たせなくなるからだ。しるしをつけるということは通し番号をひかえておくということなのである。これは手作業でおこなわれるからとても根気のいる仕事なのだ。ここで、タルバート氏はある誘拐事件とそれにまつわる身代金の話をひとくさりした。

「犯人に渡す時間ぎりぎりに現金が届きましてね。FBIのエージェントが二十人がかりで通し番号をひかえたんだが、ご存じのように番号は十一桁あるうえに、身代金の総額は百万ドルだった。結局、時間がなくなって八十万ドル分しかひかえられなかったんだが、結果はそれでオーライだった。誘拐犯は一カ月後、使った札からアシがついて御用とあいなったしだいです」

しかし、最近のスキャナーはこれらの作業を実に簡単なものにしてしまった。一度に十枚の札を撮影でき、四十秒で百枚記録できるのである。

「札の通し番号がひかえられたあとは、どういうふうにしてその札を追跡するんですか?」

レイは黄色いリサーチ用ノートにメモしながら訊いた。タルバート氏の前でノートの演出効果は絶大だった。

「方法はふたつあります。ひとつは、しるしのついたカネをもっているやつを見つけたら、そいつを捕まえればいいだけの単純な話。FBIは同じ方法を使って麻薬密売人を挙げている。まず、おとり捜査で末端の密売人からヤクを仕入れる。支払う二万ドル分の札全部の通し番号をひかえておく。札をもっているやつをかたっぱしから挙げていけば、密売組織全体を一網打尽にできるわけです」

「札をもっている人間を見つけることができなかったら？」

そうたずねるレイの脳裏に、亡き父親の姿がちらついた。

「その場合、二番目の方法をとることになります。ただし、これはたいへんむずかしい。連邦準備銀行によって回収された古い札は規則としてスキャナーにかけられる。そこでしるしのつけられた札が見つかっても、たどりつけるのは最後にそれを扱った銀行までだからです。しかし、しるしのついたカネをもった人間は多くの場合、一定期間に一定の地域でそれを使う傾向がある。この傾向を利用して犯人を捕まえるのが第二の方法です」

「ずいぶん気の長い話ですね」

「そのとおりです」

タルバート氏はレイの指摘を認めた。

「何年か前に記事で読んだんですけど、カモ狩りしていた男たちが小型機の残がいを見つけたんだそうです」

レイはあらかじめ予習しておいたつくり話をさりげなく切りだした。

「総額百万ドルぐらいありそうな現金が機内に積んであったそうです。どうせ麻薬のカネだろうとふんで猟師たちはそれをもって帰ったところ、やはり思ったとおり麻薬がらみのカネで、札にしるしがつけられていたため、男たちがネコババしたことが表面化して、小さな街がてんやわんやの大騒ぎになったそうです」

「ああ、その話ね。知ってますよ」

〈いいのかな。つくり話なのに〉

「わたしが訊きたいのは、こういう場合、現金を見つけた人間はたんにＦＢＩや連邦準備銀行に札をもちこんで、しるしがついていないかどうかをスキャンしてもらえるんでしょうか？　そして、もししるしがついていたら、なぜつけられているのか教えてもらえるんでしょうか？」

タルバート氏はその骨ばった指でほおをかきながら質問の意味を考えた。やがて肩をすぼめて言った。

「札をそういうところにもちこんだからといって問題はないんじゃないですか。ただし、カネを全部とりあげられるリスクはありますけどね」

「もっとも、そんな話はめったにないでしょうけどね」

レイが言うと、ふたりは声をあげて笑った。

ここでタルバート氏はシカゴのワイロ判事の話をはじめた。弁護士たちに一回五百ドルから千ドルくらいの小銭を強要して、訴訟を無効にしたり、有利な判決を買わせていた判事の話だ。何年も気づかれずに来たのだが、ひょんなことからうわさがＦＢＩの耳に入った。捜査当局がとった手段は、弁護士たちの協力でしるしのついた札を買収用に使わせることだった。二年間の捜査期間中に三十五万ドルの現金が判事の袖の下にわたり、逮捕の準備がととのったので、いざ手入れしてみると現金はすっかり消えていた。だれかが判事に密告したからだった。FBIは捜査をつづけた結果、問題の現金をアリゾナに住む判事の弟のガレージで見つけることができた。全員がムショ行きになって、一件落着とあいなった。

〝全員ムショ行き〟という言葉にレイはドキッとした。話を聞いている途中も体がのたうつ気分だった。〝判事〟とか〝ワイロ〟とか〝隠された現金〟とか、これは偶然の一致なのか。それとも、タルバート氏がなにか伝えようとしているのか？　しかし、タルバート氏が語る後日談を聞いてレイはようやくリラックスできた。それにしてもずいぶん似た話である。

空港に戻るタクシーのなかでレイはノートを使って計算してみた。シカゴの汚職判事の場合、年に十七万ドル袖の下を受けとったとして、三百万ドル貯めるには十八年かかる。しかも、その判事の場合は大都会シカゴでの話である。裁判所も何百とあり、北ミシシッピーなどとは比較にならないほど金満弁護士たちがうじゃうじゃいる。大都会の司法制度は一種の産業であり、そこには当然おこぼれもあるし、にぎらせ抱かせるやつも出てくる。それにたいしてアトリー判事の世界は、ほんのひとにぎりの人たちがすべてを司っている閉鎖社会だ。もし袖の下を受けとるような者がいたら、たちまちうわさが広がってしまう。第二十五チャンセリー区からいくら集めたって三百万ドルも集まるはずがない。だいいち、そんな多額のカネが司法システムそのもののなかに存在しないのだから。

もう一回アトランティックシティーに足を運ぶ必要がある、とレイは結論した。現金をもっともっていこう。いろいろなテーブルで派手に札びらを切るのだ。本名で部屋をとり、一泊したら、自分のクレジットカードで払い、クレジットカードで現金をおろし、あちこちで隠しビデオにおさまる。まあ、できるかぎり足跡を残してくることだ。老判事の三百万ドルにしるしがつけられているかどうか、このさいそれを知る必要がぜったいにある。

フォグも喜んで同行するだろう。

第二十章

ヴィッキーが彼のもとを逃げだして乗っとり屋といっしょになったとき、同僚教授のひとりが離婚専門の弁護士、アクセル・サリバンを紹介してくれた。アクセルが優秀な弁護士だというのは分かったが、法律的に彼ができることはあまりなかった。ようするにヴィッキーは出ていってしまったのだ。もう帰ってこないということだ。彼女はレイになにも要求しなかったから、争いにならなかった。アクセル弁護士は書類を整え、いい精神分析医を推薦し、レイの悪夢が早く終わるよう、いろいろ努力してくれた。そのアクセルから、街でいちばん優秀な私立探偵はコリー・クロフォードだと聞いたことがある。クロフォードは黒人で、たたき上げの元警察官である。

クロフォードのオフィスは、その弟がキャンパス近くで営業しているバーの二階にあった。なかなかいいバーである。メニューは豊富、窓ガラスはきれいで、週末にはライブ演奏があり、学生相手のいつものノミ屋がやってくるとき以外に交通騒音もない。

しかしレイは、ここのところいつもしているように、三ブロック離れたところに車を止めた。建物に入るところを人に見られたくなかったからだ。《クロフォード探偵事務所》の看板が建物の横にある階段を示していた。

秘書はいなかった。すくなくともその姿は見えなかった。約束の時間より十分早かったが、クロフォードはちゃんと待っていた。三十代の後半。ツルツルに丸めた頭。端正な顔にまだ笑みは見えない。すらりと背が高く、高価そうなスーツが体にフィットし、腰の黒い革ケースにには大きなピストルがおさまっている。

「誰かにつけられているらしいんです」

レイが切りだした。

「離婚のもつれかね?」

ふたりは街を見おろすちっぽけなオフィスのなかの小さなテーブルに向かいあって座ってい

た。

「いや、違います」

「おたくを追いまわす人間に心当たりはあるのかね？」

レイはつくり話を用意してあった。ミシシッピーの実家で遺産相続争いが起きて、欲の深い親戚縁者がうんぬん、と予習したとおり語ったが、クロフォードはぜんぜん信じていないようだった。探偵からあれこれ訊かれる前に、レイは飛行場に現われたというドルフの話をして、その風貌を教えた。クロフォードが言った。

「そいつはどうやらラスティー・ワットルくさいな」

「それは誰なんですか？」

「リッチモンドで私立探偵をやっているやつさ。腕はよくないのに、頼まれてときどきこっちにも足をのばすんだ。話を聞いたかぎりでは、おたくの家族がシャーロットヴィルの探偵を雇うとは考えられないからね。こんな小さな街で私立探偵を雇って同じ街の住人を追わせるのも変だろう」

ラスティー・ワットルの名前がレイの記憶にぼんやりと植えつけられた。

「そのミシシッピーの悪い親戚というやつだけど、おたくをつけまわして、おたくになにか悟らせたいことでもあるのかね？」

そう訊かれてレイは返答に窮した。クロフォードがつづけた。

「というのも、おれたちはたまに人を脅すために雇われることがあるんだ。ワットルにしろ誰にしろ、飛行場でそいつはおたくの友達にわざと自分の顔をよく見せていたふしがあるね。きっと足あとをはっきり残しておきたかったんだろう」

「それはありえますね」

「それで、おれはなにをすればいいんだね？」

「わたしがつけられているかどうか、はっきりさせてもらいたいんです。もしそうだとしたら、つけているのは誰か、誰がカネを払ってつけさせているのかも調べてもらいたいんです」

「最初のふたつの課題は簡単だけど、三つ目はホネだね」

「やれるだけやってみてくれますか？」

クロフォードは薄いファイルをとりだして広げた。

「一時間につき百ドルいただくけど」

クロフォードの目が決断を求めて相手の目をまっすぐに見つめていた。

「それプラス、かかった実費。前金として二千ドル」

「決済はいっさい現金でやりたいんですけど」

レイが相手の目を見つめ返して言った。クロフォードの顔にはじめてかすかな笑みが浮かんだ。

「キャッシュは大歓迎」

クロフォードは契約書の空いている個所を手書きの字で埋めていった。

「わたしの電話が盗聴されているようなことはないでしょうか？」

「それはこちらで調べる。とりあえずは別の携帯電話を買ったらいい。デジタルのもので、自分名義にしないこと。われわれの連絡はいっさい携帯電話でやることにする」

「なるほど」

レイはつぶやきながら契約書を受けとり、ざっと目を通してサインした。

探偵はそれをファイルに閉じてから、目をメモ帳に戻した。

「最初の一週間はおたくの行動をわれわれが管理する。どんな動きも事前に計画したうえでおこなう。おたくとしては日常の生活をつづけてくれればいい。予定をわれわれに教えてくれれば、われわれのほうで適当な場所に人を配備する」

わたしの背後で何人もの人がうごめくわけか。レイはうんざりして思った。

「わたしの毎日はきわめて退屈なんですよ」

レイは自分の一週間の生活パターンを説明した。

「ジョギングをして、仕事をして、ときどき飛行機を操縦して、家に帰る。家族がないからひとりぼっちですよ」

「ほかに行くところは？」

「ときどきランチや夕食に出かけますけど。朝は弱いので朝食はとりません」

「おたくの話を聞いていて眠気がさしてきたな」

クロフォードはにっこりしかけて言った。

「女は？」

「いればいいんですけどね。まあ見込みありそうな女性がひとりかふたりはいますよ。でも、深い仲ではありません。だれかいい人がいたら紹介してくださいよ」

「ミシシッピーのその悪人たちのことだけど、連中は何かを探しているんだと思う。その何かが問題だ。心当たりはあるかね？」

「古くからある家ですから、代々いろんなものが伝わっているんですよ。宝石とか、希少本とか、古い食器とか、貴金属類なんかね」

あたりまえの話だったので、今度はクロフォードも信じたようだった。

「すこし見えてきたな。先祖伝来の家宝をおたくが管理しているわけだ？」

「そのとおり」

「現物はこの街にあるのかね？」

「チェイニーの貸し倉庫にしまってあります。バークシャー通りにあるやつですよ。知っているでしょ？」

「その宝物の実際の価値はどのくらいなんだね？」

「わたしの親戚が考えるほどの価値はありませんよ」

「まあ、おおよそでいいから教えてくれないかね？」

「多く見積もっても五十万ドルってとこですかね」

「その法律上の権利はおたくにあるんだね？」

「答えはまあ〝イエス〟としておきましょう。じゃないと、ここで家族のいっさいがっさいを話さなければならなくなりますから。八時間はかかりますよ。おたがいに片頭痛になるのは避けましょう」

「まあいいだろう」

探偵はあらかたの質問を終わり、とりあえずの結論を出した。

「新しい携帯電話はいつ手に入るかな？」

「この足で買いに行きます」

「そのほうがいい。それで、おたくのアパートを調べたいんだが、いつ行ったらいいかね？」

「いつでもいいですよ」

三時間後、クロフォードと、彼がブーティーと呼ぶ助手のふたりがレイのアパートのいわゆる〝大そうじ〟を終えた。レイの電話は大丈夫だった。盗聴器も録音機もしかけられていなかった。疑わしい電線も見当たらなかった。通気孔にも隠しカメラなどはしかけられていなかった。せまくるしい天井裏に送信装置や受信装置が隠されていることもなかった。

「おたくはクリーンだ」

帰りぎわにクロフォードが言った。

バルコニーに座るレイは自分がクリーンだとはぜんぜん感じられなかった。これから自分の私生活を見知らぬ他人にさらけだすことになるのだ。ただ、その他人が自分の選んだ人間で、自分がカネを払って雇ったとなれば、不安は半減するが。

電話のベルが鳴りだした。


様子から判断してフォレストは〝クリーン〟に戻っているようだった。声が元気なうえに言葉もはっきりしていた。「やあ、兄貴」と彼が発した第一声でそれが分かった。彼がどの程度正常なのか見極めようと、レイは弟の言葉に耳を傾けた。弟と長年つづけてきた電話での会話から、レイにはそれがカンで分かるのだ。当人は覚えていないだろうが、これまで弟は時間の感覚がなく、行く先々のいろんな場所から夜中や明け方に電話をかけてくることもしょっちゅうだった。

「アイム　ファイン」

フォレストが言った。ということはアルコールも薬物も断っているという意味だ。ただ、断ってどのくらいたつかは定かでない。レイも訊くつもりはなかった。

老判事のことや、遺産のことや、屋敷のことや、ハリー・レックスのことがどちらかの口から出る前にフォレストがいきなり話しだした。

「新しい稼ぎが見つかったんだ」

「なんだい、それは？　くわしく話してくれ」

レイは椅子の背もたれに身を沈めた。電話の向こうから響いてくる声には張りがあった。レイには弟の話を聞く時間がたっぷりあった。

「〝ベナラトフィックス〟って聞いたことあるかい？」

「いや、ないな」

「おれもないんだ。でも通称は〝スキニー・ベン〟で通っている。それなら聞いたことあるだろ？」

「ごめん、ないな」

「ラレー・プロダクトという会社から売り出されたダイエットピルだよ。カリフォルニアにある聞いたことのないデカい会社さ。これまで五年間、よく効くということで医師たちは〝スキニー・ベン〟をめったやたらに処方してきたんだ。ちょっと痩せたい女向きじゃなくて、本当の肥満体にすごく効くんだ……もしもし、聞いてるのか兄貴……」

「ああ、聞いてるよ」

「問題は、一、二年してから、薬を服用した女たちの心臓の弁に異常が発生しだしたんだ。何千人もの患者が緊急手当てを受けててね。ラレー社はカリフォルニアやフロリダで訴えられててんやわんやの大騒ぎさ。八カ月前には食品医薬品局が腰をあげて、先月には〝スキニー・ベン〟がついに回収されることになったんだ」

「おまえがその話のどこにからんでくるんだい、フォレスト？」

「おれはいまメディカル・スクリーナーさ」

「メディカル・スクリーナーってなにをする仕事だい？」

「よくぞ聞いてくれた。たとえば、今日、おれはダイヤーズバーグのホテルのスイートルームで肥満体の姉ちゃんたちがたいくつな作業をするのに手を貸してきたんだ。弁護士が雇った医者が、おれもその弁護士に雇われているわけだけど、姉ちゃんたちの肺活量を測るんだ。肺活量が一定基準に達しない姉ちゃんが見つかった場合、さあ、どうなるでしょう？」

「おまえたちのお得意さんがひとり増えるわけだ」

「そのとおり。今日だけで四十人のサインを集めたぜ」

「一件平均いくらになるんだい？」

「約一万ドル。おれを雇っている弁護士たちは八百件も抱えているんだ。ということは総額で八百万ドル。その半額が弁護士の取り分さ。あっちでふんだくられ、こっちでふんだくられてかわいそうなお姉ちゃんたち。血も涙もないゼニの世界へようこそ、ってわけさ」

「おまえの取り分はどうなんだい？」

「固定給に、新しいお得意さんを見つけてくると歩合給が加算されて、賠償金が入ったあかつきには多少もらえることになっている。潜在被害者は五十万人にもなるから、おれたちはいま大車輪で宝の掘りだし中さ」

「では、全部掘りだせば五十億ドルになるわけか」

「ラレー社には手持ちの現金が八億ドルある。いまや米国中の弁護士が〝スキニー・ベン〟の被害者探しに右往左往しているぜ」

「倫理上問題ないのかね？」

「法律家に倫理なんてもう存在しないんだよ、兄貴。そんな言葉は、兄貴みたいに学生の前では倫理を口にするけど自分では実践しない人間のあいだに生きているだけさ。法律家社会のこの悲惨な現状をおれが兄貴に報告するのは変だけどね」

「近ごろの弁護士たちのモラルの低下についてはわたしもよく耳にする」

「とにかく、おれはいま金鉱掘りに大忙しさ。ただちょっと知らせたくてね」

「それはよかったな」

「兄貴の街で〝スキニー・ベン〟を扱っている弁護士はいるのかい？」

「わたしは知らないな」

「よく注意していてくれ。弁護士どうし連携を保ったほうが効果があがるんだ。今回はおれもずいぶん勉強になったよ。クラスに生徒が多いほど成果も大きいというわけだ」

「だれかいたら話しておくよ」

「じゃ、またな、兄貴」

「気をつけてな、フォレスト」

次に電話のベルが鳴ったのは午前の二時半ちょっと過ぎだった。この時間帯にかかってくる電話の例にもれず、ベルはしつこく鳴りつづけた。レイはようやく手を伸ばして受話器をつかみ、明かりのスイッチを入れた。

「レイ。ハリー・レックスだよ。起こしてごめん」

「なんなんですか？」

時間帯からして、いい知らせではありえなかった。

「フォレストのことだ。この一時間、彼と話していたんだ。メンフィスのバプテスト病院の看護婦ともね。彼はいまそこの病院に入院している。鼻の骨を折ったらしい」

「どういうことですか、ハリー？」

「バーに行って酔っぱらって乱闘騒ぎに巻きこまれたのさ。いつものことだ。相手が悪かったらしい。フォレストはいま顔の手術を受けている。ひと晩は泊まるらしい。わしは支払い保証のためにひっぱりだされたというわけだ。でもよかったよ。ついでに痛み止めやドラッグのたぐいを使わないよう病院側に説明できたから。連中としてはフォレストがだれだか分かっていないんだから」

「そうでしたか。そんなことに巻きこんで申しわけありません、ハリー」

「いやあ、慣れているから、わしは気にしないけど。フォレストは少しおかしくなっているから、気をつけたほうがいいぞ、レイ。また遺産のことを蒸し返しているんだ。ごまかされていて正当な分与が得られないってね。まあ、酔った勢いで言っているにしても、あの分だと、これからもしつこく言ってくるんじゃないかな」

「彼とは五時間前に話したばかりですよ。とても元気でしたけどね」

「それからすぐバーに向かったんだろうな。鼻をすげ直すのに麻酔をかけるしかなかったらしい。わしとしてはドラッグの味を思いださせるのが怖かったんだけどね。とんだことになったな」

「すみません、ハリー」

レイは同じ言葉をくりかえした。ほかになんて言っていいか思いつかなかった。レイが考えているあいだ、ふたりのあいだに沈黙が流れた。

「何時間か前までは正常で元気そうだったんですけどね」

「彼のほうから電話してきたのかね？」

「ええ、そうです。新しい仕事が見つかったとかで、とても喜んでましたけど」

「例の〝スキニー・ベン〟のヤマだな」

「そうです。あれは本当に仕事になるんですか？」

「そう思うけど」

クラントンのような田舎でも何人かの弁護士が患者たちを追っかけまわしている。どのくらいの数がまとまるかが成否を決める。だから弁護士たちはフォレストのような男たちを雇って患者狩りに駆り立てているのだ。

「そんな弁護士たちの資質を疑いたくなりますね」

「わしらの同業者の半分は資格剝奪されても当然の連中さ。ところで、そろそろおまえさんに屋敷に戻ってもらいたいな。遺産を早く公開すれば、それだけ早くフォレストを黙らせることができるからね。彼を非難するのはいやなんだが」

「いつごろがいいでしょうね。具体的な日取りを決めますか？」

「来週の水曜日というのはどうだね？　おまえさんはそれから二、三日ここに滞在することになると思うけど」

「わたしもちょうどそのころ行こうと思っていました。じゃ、水曜日に役所の予約をしておいてください。かならず行きますから」

「一日か二日したらフォレストも正常に戻っているだろうから、彼とはそのときに話そう」

「すみません、ハリー」

電話を切ったあと、レイは眠りに戻れなかった。夜中に起こされてあんな話をされたのだから、それも当然だった。しかたなく伝記本を読んでいると、買ったばかりの携帯電話が鳴った。

〈まちがい電話だろう〉

レイは疑わしそうに応えた。

「ハロー?」

「なぜこんな時間に起きているんだい?」

そうたずねる太い声の主は私立探偵、コリー・クロフォードだった。

「電話がかかってきて眠れないんですよ。いまどこなんですか?」

「おたくを見張ってるんだよ。大丈夫かい?」

「大丈夫です。もう午前四時ですよ。あんたたちは寝なくていいんですか?」

「適当に仮眠をとっているからいいんだ。でも、おれがおたくだったら、照明は消しておくけどね」

「わたしの照明をうかがっている人間がいたんですか?」

「いや、まだ見当たらないね」

「それはよかった」

「ただ、おたくの具合をちょっと確かめたくてね」

レイは玄関の照明を消してから寝室に戻り、小さな明かりひとつだけつけて読書をつづけた。しかし、一時間につき百ドルもこうして夜を通して加算されるのだと思うと、それが気になって今度はさっきよりも眠れなくなった。

しかたなくレイは自分に言いつづけた。

〈これも投資だと思えばいい〉

　午前五時に、レイはまるで人目を避けるようにコソコソと廊下を歩き、暗いままのキッチンでコーヒーを沸かした。最初の一杯目ができるのを待ちながら、クロフォードに電話してみた。当然のことながら、私立探偵はグロッギーぎみだった。

「コーヒーを沸かしたんだけど一杯飲みますか？」

「いや、それはやめておく。でも、ありがとう」

「それから今日の午後、アトランティックシティーへ飛ぶことにしているんだけど、一応スケジュールを教えときます。なにか書くものをもってますか？」

「ああ、聞かせてもらおうか」

「午後三時に一般用のランプから白いビーチボナンザ機で発ちます。テールナンバーは815ロメオ、同行するのはフォグ・ニュートンという名のインストラクターです。《キャニオン》カジノで一泊して、明日の昼ごろ帰ってきます。車は飛行場に駐車して行きます。いつものようにちゃんとロックして。なにか質問はありますか？」

「われわれも行ったほうがいいのかね？」

「いいえ、その必要はありません。向こうではあちこちに移動しますし、自分でも気をつけますから」

「貸し倉庫のほうはどうするんだい？」

「よく見張っていてください」
「倉庫の番号をまだ聞いてなかったな」
「14Bです」

〔下巻へつづく〕

シドニィ・シェルダンの中編シリーズがいよいよスタートします。

すべての作品は、80年代末から90年代前半の、氏の絶頂期に書かれたものばかりです。邦題は仮題とします。

Ghost Story（幽霊物語）

Strangler（首しめ魔）

The Money Tree（金のなる木）

The Dictator（独裁者）

The Twelve Commandment（十二戒）

The Revenge（復讐）

The Man on The Run（逃げる男）

We are not Married（結婚不成立）

召喚状（上）

二〇〇二年九月十五日　第一刷発行

著　者　ジョン・グリシャム
訳　者　天馬龍行

発行者　益子邦夫
発行所　㈱アカデミー出版
東京都渋谷区鉢山町15－5
郵便番号　一五〇－〇〇三五
電　話　〇三(三四六四)一〇一〇
ＦＡＸ　〇三(三四七六)一〇四四
〇三(三七八〇)六三八五

印刷所　大日本印刷株式会社

ISBN4-86036-006-0